阅读之前 没有真相

午夜文库

劳伦斯·布洛克
**雅贼系列**

劳伦斯·布洛克 Lawrence Block (1938— )

享誉世界的美国侦探小说大师,当代硬汉派侦探小说最杰出的代表。他的小说不仅在美国备受推崇,还跨越大西洋,征服了自诩为侦探小说故乡的欧洲。

侦探小说界最重要的两个奖项,爱伦·坡奖的终身成就奖和钻石匕首奖均肯定了劳伦斯·布洛克的大师地位。此外,他还曾三获爱伦·坡奖,两获马耳他之鹰奖,四获夏姆斯奖(后两个奖项都是重要的硬汉派侦探小说奖项)。

劳伦斯·布洛克的作品,主要包括四个系列:

马修·斯卡德系列:以一名戒酒无执照的私人侦探为主角;

雅贼系列:以一名中年小偷兼二手书店老板伯尼·罗登巴尔为主角;

伊凡·谭纳系列:以一名朝鲜战争期间遭炮击从此睡不着觉的侦探为主角;

奇波·哈里森系列:以一名肥胖、不离开办公室、自我陶醉的私人侦探为主角。

此外,布洛克还著有杀手约翰·保罗·凯勒系列。

劳伦斯·布洛克生于纽约布法罗,现居纽约,已婚,育有二女。

## 劳伦斯·布洛克作品年表

1966 《睡不着觉的密探》
1976 《父之罪》《在死亡之中》
1977 《谋杀与创造之时》《别无选择的贼》
1978 《衣柜里的贼》
1979 《喜欢引用吉卜林的贼》获尼禄·沃尔夫奖
1980 《研究斯宾诺莎的贼》
1981 《黑暗之刺》
1982 《八百万种死法》
1983 《像蒙德里安一样作画的贼》
　　　《八百万种死法》获夏姆斯奖
1986 《酒店关门之后》
1987 《酒店关门之后》获马耳他之鹰奖
1989 《刀锋之先》
1990 《到坟场的车票》
　　　《刀锋之先》获夏姆斯奖
1991 《屠宰场之舞》
1992 《行过死荫之地》
　　　《到坟场的车票》获马耳他之鹰奖
　　　《屠宰场之舞》获夏姆斯奖、爱伦·坡奖
1993 《恶魔预知死亡》
1994 《一长串的死者》
　　　《交易泰德·威廉姆斯的贼》
1995 《自以为是鲍嘉的贼》
　　　《一长串的死者》获爱伦·坡奖
1997 《向邪恶追索》《图书馆里的贼》
1998 《每个人都死了》《杀手》
1999 《麦田里的贼》《黑名单》
2001 《死亡的渴望》
2003 《小城》
2004 《伺机下手的贼》
2005 《繁花将尽》
2011 《一滴烈酒》
2013 《数汤匙的贼》

雅贼全集精装典藏版⑤
# 像蒙德里安一样作画的贼
*The Burglar Who Painted Like Mondrian*

(美)劳伦斯·布洛克 著

严韵 译

新 星 出 版 社　NEW STAR PRESS

献给琳恩·伍德还有迈克尔·格罗斯曼，感谢他教会我如何准备画布，以及帮我一起组装好框架的劳伦斯·安妮·科伊

# 1

那天是巴尼嘉书店步调缓慢的一天,但话说回来,大部分时间都是这样。毕竟,卖旧书的人不会梦想着退休之后要过步调缓慢的简单生活,因为他们的生活已然如此。

那天有两个高峰,而且恰巧同时出现。有个女人念了首诗给我听,有个男人试图卖一本书给我。那首诗是玛丽·卡罗琳·戴维斯[①]的《俄勒冈路三号的史密斯死去》,念诗的女人长得苗条清秀,有着棕色的大眼睛、长长的睫毛,侧头的样子一定是从哪个年轻朋友那儿学来的。她那线条优美、没戴戒指、没涂指甲油的纤细手指间拿着戴维斯女士的处女作《我们街上的鼓声》,该书于一九一八年由麦克米兰公司出版。她念诗给我听。

---

[①] 玛丽·卡罗琳·戴维斯(Mary Carolyn Davies, 1888—1966),美国诗人、剧作家、小说家。

> 俄勒冈的秋天——我再也看不到
> 这些山丘了,一片朦胧的蓝色细雨
> 横过古老的威廉密特河。我走路的时候
> 不会惊扰到雉鸟,听见它呼呼疾飞在
> 我头顶上方,那只怠懒的、毫无疑心的动物……

我很希望自己是只"怠懒的、毫无疑心的"动物,但我还是冷冷地留意着"哲学与宗教"那个区域,那位新来的客人已经进驻那里。他是个体态笨重的大个子,三十岁上下,脚穿低跟靴,身穿前开扣的李维斯牛仔裤、深棕色法兰绒衬衫以及棕色宽条纹灯芯绒外套。他的胡须仔细修剪过,一头细软的棕色头发却没有经过打理。

> 当这场愚蠢的梦就此结束,
> 人们会回家去,那里落满了
> 玫瑰花瓣,在每一条街上,一整年
> 都像一场友善的庆典……

出于某种原因,我留神注意着他的动向。也许是因为他的某种神态让人觉得他可能随时会无精打采地走向伯利恒[①]。也许只是因为他那个手提公文包。在布兰坦诺和斯特

---

① 伯利恒,巴勒斯坦中部城市。

兰德那样的书店，客人必须把袋子和手提箱拿去寄放，但我这里的客人则可以把它们留在手边，于是有时他们的大袋子在离开的时候会变得比来的时候重。即使在经济最景气的时候，二手书的买卖也没什么保障，任谁都会痛恨自己店里的货就那样扬长而去。

> 但我将永远无法看着那些树篱滴落
> 色彩，也看不到船只高高的帆柱
> 在我们古老的港湾。——他们说我即将死去，
> 也许就是这个原因使一切重新涌上脑海：
> 俄勒冈的秋天和雉鸟飞翔——

她轻轻地发出一声赞赏的叹息，啪的一声合上那本小书交给我，问我多少钱。我看看扉页上用铅笔标记的数字，再看看贴在柜台上的税价表，上一回调过之后，销售税率已经增长为百分之八点二五了，有人用心算就可以算出结果，不过他们八成不会开锁。上帝赐给我们每个人不同的天分，我们就各尽其才。

"十二块，"我说，"再加上九十九美分的税。"她在柜台上放了一张十美元和三张一美元的钞票，我把书放进纸袋里，用一截胶带贴好，然后找她一美分。她接过硬币的时候我们的手接触了一下，那一下之中有一股电流。不是什么天雷地火、让人神魂颠倒的强大力量，但那股电流的

确存在。她侧着头，一瞬间我们眼神交会。摄政时代的爱情小说家会说我们之间传递了一种无言的了解，但那是胡扯。我们之间只传递了一美分而已。

另一位客人正在翻看一本粗布装订的四开大书，是耶稣会修士马修·吉里根的《反文法与同文法》，还是《同文法与反文法》？从利泽尔先生把店卖给我的时候起，这本书就在这里了，要不是我偶尔会掸一下书架上的灰尘，根本不会有人动它。如果这家伙要偷东西的话，我想，就让他把那本书拿走吧。

但他把吉里根神甫放回书架上，就在玛丽·卡罗琳·戴维斯跟着那拘谨端庄、爱读诗的女子出门去的时候。我看着她踏出店外——她穿着套装，头戴与之搭配的贝雷帽，那颜色是所谓的李子色或小红莓色或不知今年又换成什么名称的颜色，总之很适合她——然后看着他向柜台走来，把一只手放在柜台上。

他的表情——就胡须未遮盖的部分看来——带有戒心。他问我买不买书，声音沙哑，仿佛他不常有机会开口说话。

我说买，如果我认为那些书卖得出去的话。他把他的手提公文包放到柜台上，拨弄着打开锁扣，里面是一大本书，他拿出来给我看。书名叫作《鳞翅目》，作者叫弗朗索瓦·杜夏登，主题是关于旧世界的蝴蝶和飞蛾，法语的文字部分讨论详尽——我只能这样假定，全页的彩色图解绘制得非常精美。

"卷首的插画不见了,"我翻阅的时候他告诉我,"其他五十三幅图都完好无缺。"

我点点头,眼睛停在一页凤蝶上。我小时候常拿着自制的网追捕这些生物,将它们装在广口瓶里闷死,然后摊平它们的翅膀,钉在雪茄盒上。我做出这种莫名其妙的行为一定是有原因的,可是现在我实在想象不出那原因是什么。

"卖印刷画的人会把这些插图一幅幅拆下来,"他说,"但这实在是本值得收藏的书,保存得又很好,所以我想真的应该交给旧书店才对。"

我再度点点头,这一次看的是飞蛾。有一只是昔古比天蚕蛾①,它和月形天蚕蛾是我目前叫得出名字的两种飞蛾。我以前还知道其他种类的名字。

我合上书,问他开价多少。

"一百块。"他说,"一张图还不到两块钱。卖印刷画的人一幅会卖五到十块,而且搞室内装饰的人会很愿意以这个价钱购买。"

"也许吧。"我说着,手指摸向书的上缘,那里盖着长方形的印章,上面有纽约公共图书馆的字样。我重新打开书,寻找注销的戳印。图书馆确实会淘汰一些书,就像博物馆会将一些收藏剔除在目录之外一样,但杜夏登的《鳞

---
① 一种巨大的北美蚕蛾,翅膀上有红白黑三色的斑。

翅目》不太像是一本会遭到如此待遇的书。

"逾期罚款累积起来可能很吓人，"我用体谅的口气说，"但图书馆都不时会有特赦日，读者可以把逾期未还的书交回去，不用受罚。虽然对我们这些乖乖交罚款的人来说可能不太公平，但我想这样做的确能让书本重新流通，这才是重点，对不对？"我重新合上书，刻意把它放进那打开的公文包。"我不买图书馆的书。"我说。

"你不买，别人会买。"

"我相信。"

"我知道有些旧书商自己有注销的章。"

"我知道有木匠拧螺丝的时候用的是榔头。"我说，"每一行都有投机取巧的方法。"

"这本书根本就没有流通。它被锁在参考书部门的柜子里，只有通过特别申请才能看到，而且因为这本书很有价值，他们想出各种方法不让人接近它。图书馆应该是服务大众的，可是他们自认是博物馆，把最好的书收起来不让人碰。"

"看起来不怎么有效嘛。"

"怎么说？"

"这本书就被你碰到了。"

他突然咧嘴一笑，露出一口虽参差不齐、但还算干净的牙齿。"那里的任何东西我都弄得出来。"他说，"任何东西。"

"真的?"

"你要什么书,我就能拿到什么书。跟你说,只要价钱合适,我连那些石狮子都可以弄出一只来。"

"我这儿现在已经有点挤了。"

他用手指点了点《鳞翅目》。"你确定用不上这书?价钱或许可以再降一点。"

"自然史方面的书我经手的不多,不过这不是重点。我真的从来不买图书馆的书。"

"太可惜了。我只经手这一种。"

"专攻这一项。"

他点头。"我从来没拿过书商的书,没偷过努力维持生意的商人,也从来不偷收藏家的东西,可是图书馆——"他耸了耸肩膀,胸膛上鼓起一块肌肉,"有很长一段时间,我是个研究生。只要醒着我都在图书馆里,公共图书馆、大学图书馆。我在伦敦待了十个月,就没踏出过大英博物馆。我和图书馆之间有一种特别的关系——爱恨交织,我想大概可以这么说。"

"是这样。"

他合上公文包,扣上锁扣。"大英博物馆的图书室里有两本《古腾堡圣经》[①],要是哪天报上说其中一本不见了,你就知道它在谁手上。"

---

[①]一四五六年第一本活字印刷的拉丁文《圣经》,据说为德国活字印刷发明人古腾堡所印。

"哦,"我说,"随便你怎么做,别把它拿到这儿来就是了。"

两小时之后,我在"饶舌酒鬼"一边啜着巴黎水,一边把整件事说给卡洛琳·凯瑟听。"那时候我脑子里只想着一件事,"我说,"就是这看起来像是赫尔·约翰逊的差事。"

"谁?"

"赫尔·约翰逊。他原本是警察,后来图书馆雇他去追讨逾期未还的书。"

"他们雇用以前是警察的人来做这事?"

"现实生活中没有这样的事。"我说,"赫尔·约翰逊是詹姆斯·霍尔丁[①]的系列短篇小说的主角。他每次去追查逾期未还的书,最后都会卷入更严重的罪案里。"

"我想他解决了那些罪案。"

"哦,当然。他可不是傻瓜。我跟你说,那本书勾起我许多回忆。我小时候收集过蝴蝶。"

"你告诉过我。"

"有时候我们会找到茧。我看到了一张昔古比天蚕蛾的图片,就想起了这件事。我上的学校附近有小杨柳,昔

---

[①]詹姆斯·霍尔丁(James Holding, 1907—1997),美国作家。

古比天蚕蛾常把它们的茧挂在树枝上。我们找到茧就会放进玻璃瓶里，试着把它们孵出来。"

"结果呢？"

"总的来说什么结果也没有。我想我找到的茧没有一个孵出来过。不是每条毛毛虫都能变成飞蛾。"

"也不是每只青蛙都会变成王子。"

"可不是吗？"

卡洛琳喝完了她的马提尼，用眼神示意女招待再来一杯。我的巴黎水还有很多。我们所在的"饶舌酒鬼"是家邋遢得令人自在的酒吧，专卖金酒，坐落在东十一街和百老汇大道的交叉口，离巴尼嘉书店和卡洛琳的那个"贵宾狗工厂"都只有半个街区。虽然她那行没法提供太多的自我满足感，但总比劫掠图书馆对社会有用。

"巴黎水。"卡洛琳说。

"我喜欢巴黎水。"

"伯尼，它只不过是名牌的水罢了。仅此而已。"

"我猜是吧。"

"今晚要忙吗？"

"我会出去跑步，"我说，"然后或许会到处蹦一蹦。"

她正要说什么，女招待端来马提尼使她住了口。那女招待的金发下露出深色发根，穿着紧身牛仔裤和桃红色的衬衫。卡洛琳目送她走回吧台。"不错。"她说。

"我还以为你爱上她了。"

"爱上那个女招待?"

"爱上那个税务规划师。"

"哦,你是说艾丽森。"

"根据我上次听到的消息,"我说,"你们正在一起规划税务。"

"我负责攻击,她负责防御。我昨晚和她一起出去,去了康尼利亚街上的简·沃曼餐厅,蘸着某种酱吃了某种鱼。"

"真是一顿值得纪念的大餐啊。"

"哦,我记不清楚细节。我们喝了很多白葡萄酒,听着斯蒂芬·彭德唱了一首又一首浪漫的情歌,然后带了一瓶杜林标①苏格兰威士忌回到我住的地方,把收音机转到WNCN频道。她很欣赏我那幅夏加尔的画,还抚摩我的猫——至少是摸了其中一只。阿齐坐在她膝头呼噜呼噜叫,尤比则不肯来这一套。"

"哪里出了问题?"

"嗯,她是个政治和经济上的女同性恋。"

"什么意思?"

"她认为避免和男人发生性关系是政治上很重要的一点,这是她对女性主义效忠的一部分。她工作上往来的也都是女人,但她不跟女人上床,因为她的身体还没准备好

---

① 杜林标(Drambuie),一种以苏格兰威士忌为主的甜香酒。

要这么做。"

"这样还剩下什么？鸡吗？"

"剩下我快被逼得狗急跳墙了。我不停地灌她酒，不停地向她进攻，一番辛苦到头来什么也没得到。"

"还好她不跟男人约会。他们八成会企图在性爱方面剥削她。"

"是啊，男人在这方面坏透了。她有过一段很糟糕的婚姻，因此对男人一肚子火。可是她又不能不冠前夫的姓，因为她在工作中一直都是用那个姓，而且'沃伦'也比较容易叫。她的本姓是个亚美尼亚姓氏，如果她是卖地毯的而非规划税务的话那可能会比较有用。她其实也不是规划什么税务，那是国会要做的事。我想她是负责规划避免交税。"

"我自己也有这种打算。"

"我也是。要不是她长得漂亮，我早就说声'去他的'，避开她了，但我想我会再试一次，然后才会说'去他的'。"

"你今晚要和她见面吗？"

她摇摇头。"今晚我要去逛逛酒吧。喝几杯酒，大笑几场，也许我会走运的。这种事以前也发生过。"

"小心点。"

她看着我。"你才要小心点。"她说。

\* \* \*

换乘了一趟地铁之后,我很快就到了家,换上尼龙短裤和慢跑鞋,出门到河畔公园去跑上短短半个小时。时值九月中旬,离曼哈顿马拉松大赛只剩下一个多月的时间,公园里到处都有人在跑步。有些是我这种随意型的,一星期跑三四次,每次只跑三四英里。另一些人则是在为马拉松训练,一星期狠狠跑上五六十英里甚至七十英里,对他们来说,这可是严肃的正经事。

沃利·亨普希尔也是如此,但他的训练计划是长短跑交替,而那天晚上的安排只有四英里,于是我们结伴而行。他全名叫华莱士[①]·莱利·亨普希尔,三十岁出头,是个律师,刚离婚,看起来年轻得根本不像结过婚。他是在长岛东区的某处长大的,现在住在哥伦布大道上,和模特、女明星出双入对,同时哼哧哼哧地在为马拉松大赛进行训练。他自己开了个事务所,在西三十几街有个办公室。我们一边跑,他一边谈着一个聘请他打离婚官司的女人。

"我就动手拟了文件,"他告诉我,"结果发现这个昏头昏脑的婆娘根本没结婚。她也没跟人同居,甚至连个男朋友也没有。但这种事她已经不是第一次干了。每隔一阵她不知想到了什么,就找个律师展开离婚的法律程序。"

我说起我碰到的那个专偷图书馆的贼。他很震惊。

---

[①]前文中的沃利(Wally)是华莱士(Wallace)的昵称。

"偷图书馆的书？真有人做这种事？"

"任何东西都会有人偷。"我说，"从任何地方偷出来。"

"这是什么世界啊。"他说。

我跑完之后做了伸展运动，然后步行回家。我住的公寓在七十一街和西端大道的交叉口。我脱下衣服冲了个澡，又做了一阵伸展运动，接着闭上眼睛躺了一会儿。

然后我起来找出两个电话号码，轮流拨号。我打的第一个电话没人接，第二个响了两三声之后就接通了，我简短地和对方聊了几句。然后我又试了一次第一个号码，让它整整响了十二声。电话铃响十二声大概要花一分钟，但如果打电话的是你，感觉会比一分钟要长，而如果是别人打来的电话你让它响着不去接，感觉起来简直足足有一个半小时。

目前为止，一切都很顺利。

我得在棕色和蓝色的两套西装之间选择一套，最后我选了蓝色的。我几乎总是选那一套，照这样下去，等到棕色那套的领子款式再度开始流行时，它一定还相当新。我穿上一件有活动衣领的蓝色混纺棉衬衫，挑了一条斜纹领带。在英国人看来，我八成像是个被良好大机构解雇的人，在美国人眼中则只显出我的诚意和清廉。我只试了一次就打好了领带，决定把这当成个好兆头。

深蓝色袜子。有防滑垫的黑色便鞋，不如慢跑鞋舒适,但比较传统。而且等我套上定做的矫正鞋垫之后,穿起来也就够舒服了。

我拿起手提公文包,包是米色麂皮面配上打磨光亮的黄铜组件,比那个偷书贼的公文包要轻巧时髦。我在分隔成好几格的箱内装进我的吃饭家伙——一副手掌部分挖空的橡胶手套,一组妙用无穷的钢制工具,一卷胶带,一支铅笔大小的手电筒,一把玻璃割刀,一片赛璐珞,一条钢弹簧,还有一些零零碎碎的东西。要是我被合法地搜身逮捕,这箱子里的东西会把我送进州立度假村去吃免费的饭。

想到这里,我的胃仿佛跳踢踏舞似的翻腾了一阵,幸好我没吃晚餐。然而,即使在石墙与铁窗的念头让我感到退缩的同时,我的指尖仍然出现了那种熟悉的轻颤,血管里的血液也开始兴奋地奔窜。上帝啊,让我脱离这种幼稚的反应吧——但是,唔,暂时还不要,拜托。

我在公文包里加进一本有横条的黄色笔记纸,在胸前的内袋里放进两支笔和一本薄薄的皮面笔记本。胸前的外口袋里已经装着一条手帕,我把它拿出来重新折过,再塞回口袋里放好。

我穿过走廊来到电梯前的时候,有电话响起。也许是我的电话,但我让它继续响着。我下了楼,门卫带着不情愿的敬意打量我。我刚抬起手要叫车,一辆出租车就停了下来。

我对那位头发逐渐稀疏的司机说了一个地址，那在七十六街与七十七街之间的第五大道上。他插道六十五街穿过中央公园，一边谈论着棒球比赛以及阿拉伯恐怖分子，我则看着其他跑步的人一英里一英里地跑下去。他们在玩，我则正要去上工，这时候他们的消遣在我看来真是琐碎无聊。

我在距离目的地半个街区的地方下车，付了车资加小费，然后步行。我在第五大道过了马路，混进公交车站的人群里，以便好好地看一看那"难以攻陷的堡垒"。

因为那地方确实如此。那是一幢庞大坚固的公寓，建于第一次和第二次世界大战之间，共有二十二层楼，巍然耸立在公园旁边。建造这幢公寓的人给它取了个别名叫查理曼大帝，偶尔可以在星期天《纽约时报》的房地产版面看到它的消息。几年前它变成合作住宅，如今每当这幢建筑里的公寓易主的时候，价钱都是六位数——很高的六位数。

我不时会听说或读到关于某些人的事，比如说钱币收藏家，我会把他的名字列入档案以供日后参考，而一旦我发现他住在"查理曼大帝"，就会把他从我的档案里删掉，因为这等于说他是把所有收藏品都放在银行的保险库里。查理曼大帝有门卫和管理员，电梯有人操作，里面还装了闭路电视。另外在送货入口、逃生门以及天知道其他什么地方也都有闭路监视装置，管理员室有控制台，他们可以——也确实这么做了——同时观看六个或八个屏幕里的情形。安全管理这回事在查理曼大帝简直到了恋物癖的程度,这种态度我可以理解,但显然很难赞同。

一辆公交车来了又走,带走了车站上大部分的人。信号灯由红转绿。我拿起那满满一箱的窃贼工具,穿越街道。

跟查理曼大帝的门卫相比,我住的地方的门卫看起来简直像时报广场偷窥秀的领座员。这里门卫身上的金色穗带比某个厄瓜多尔海军总司令身上的都要多,那副自信满满的神色也很像个将军。他把我从头到脚打量了一番,态度冷静。

"我叫伯纳德·罗登巴尔。"我告诉他,"翁德东克先生在等我。"

# 2

当然不是我说什么他就信什么。他把我带到管理员那里，并站在一旁以防我给那位先生制造什么麻烦。管理员用对讲机联络翁德东克，证实他的确在等我，然后把我交给电梯操作员，电梯操作员负责把我和天堂之间的距离缩短了大约五十码。电梯里有一个摄像头，我尽量不去看它，同时也不要表现出我在躲避。这种情况下，我的自在程度大概跟第一天当上空姐的女孩差不多。电梯十分豪华，四壁镶着黄檀木板，金属部分是打磨光亮的黄铜，脚下铺着酒红色的地毯。有些人全家老小住的地方都没这么舒服，但我还是很高兴能离开这里。

我在十六层出了电梯，操作员指给我看是哪扇门，然后等在附近，直到门打开，屋主让我进去为止。由于拴着链子，门只打开了两英寸，但足以让翁德东克看清楚我是谁，并露出微笑。"啊，是罗登巴尔先生。"他边说边摸索着门锁。"你能来真好。"然后他说，"谢谢你，爱德华多。"这时候电梯才关上门下去。

"我今晚真是笨手笨脚的。"翁德东克说,"好了。"他说完解开门链,把门打开,"请进,罗登巴尔先生。这边请。现在外面的空气还是跟之前一样好吗?你要喝点儿什么?如果你想喝咖啡的话,我刚好煮了一壶。"

"咖啡就好。"

"加奶精和糖吗?"

"都不用。"

"内行。"

他是个六十多岁的男人,满脸风霜,铁灰色的头发整齐地梳成侧分。他体形偏矮且瘦小,也许他那种军人般的举止就是为了补偿这一点。又或者,也许他以前就是军人。不过我并不认为他曾经当过门卫或者厄瓜多尔的海军总司令。

我们在他家客厅里一张大理石面的桌旁喝咖啡。地毯是奥布松①出产的,家具多是路易十五时代的式样。墙上挂了几幅二十世纪的抽象画,镶着简单的铝框,和屋里的古典家具形成了明显的对比。其中一幅是乳黄色的底,上面有蓝色和米色的不规则形状,看起来像是汉斯·阿尔普②

---

① 奥布松(Aubusson),法国中部地名,以出产地毯及挂毯出名。
② 汉斯·阿尔普(Jean Hans Arp, 1887—1966),法国抽象画家及雕刻家,达达主义运动的重要成员。

的作品,另一幅挂在亚当式①壁炉上方的则绝对是蒙德里安的作品。我对绘画的眼光并非绝佳,有时候也会分不清伦勃朗②和哈尔斯③,或者毕加索和布拉克④,但蒙德里安就是蒙德里安。黑格子、白底、两个原色的正方形——这个人确实有他自己的风格。

壁炉两旁的书架从地板一直延伸到天花板,这就是我来此地的原因。两天前,戈登·凯尔·翁德东克逛进巴尼嘉书店,看起来就像是个来买《我们街上的鼓声》或来卖《鳞翅目》的普通客人。他略作浏览,问了两三个合情合理的问题,买下一本路易斯·奥金克洛斯⑤的小说。走出店门前,他停下脚步,问我是否替别人的藏书估过价。

"我并不想卖我的书,"他说,"至少我是这么想的,尽管我在考虑要搬到西岸去,与其把那些书运过去,不如卖掉。但有些书是我多年的累积,也许我应该为动产买个保险以免碰上失火,而如果我真的要卖,嗯,也应该知道我的藏书值不值几百块或几千块,对不对?"

我不怎么替人估价,但我喜欢这种工作。酬劳不算高,但按照小时计算起来,总比我坐在店里守柜台赚得

---

① 一种十八世纪家具装潢的风格,其特征包括直线条、表面装饰、传统图样,如彩饰花圈、大型徽章等。
② 伦勃朗(Rembrandt Harmenszoon van Rijn, 1606—1669),荷兰十七世纪最伟大的画家之一,也是世界美术史上最伟大的画家之一。
③ 哈尔斯(Frans Hals, 1582—1666),荷兰画家。
④ 布拉克(Georges Braque, 1882—1963),法国画家,立体派创始者。
⑤ 路易斯·奥金克洛斯(Louis Auchincloss, 1917—2010),美国作家。

多,而且有时候估完价还有机会买下那些书。"唔,如果这些书值一千块,"顾客可能会说,"那你会出多少钱?""我不会付一千块,"我可能会回答,"所以告诉我你打算要多少。"啊,讨价还价可真有趣。

接下来我花了一个半小时,拿着笔在我那本黄色横条笔记纸上记下数字,再加起来。我看了壁炉两旁胡桃木开放式书架上所有的书,还到另外一间类似书房的房间,查看了一排装有玻璃门的桃花心木架上的展品。

他的书很有趣。翁德东克没有特别收集什么东西,只是累积了多年以来买的书本,不时淘汰掉一些。他有几套皮面书——一套不错的霍桑,一套笛福,还有不可或缺的狄更斯。"限量版俱乐部"的书大约有十二册,值不少钱,还有几十本"传承出版社"的书,零售价虽然一本只有八块或十块钱,但销路很好。有些他喜欢的作家作品的初版书——伊夫林·沃、J.P.马昆德、约翰·奥哈拉、华莱士·史蒂文斯。还有一些福克纳、海明威和早期的舍伍德·安德森。另外还有些相当不错的历史书籍,包括一套基佐[①]所著的《法国》,还有欧曼[②]的七卷本半岛战争史。没什么科学书籍。没有《鳞翅目》。

他让自己损失了不少钱,和许多不做收藏的人一样,

---

[①]基佐(François Pierre Guillaume Guizot, 1787—1874),政治家和历史学家,法国第二十二任首相。
[②]欧曼(Charles Oman, 1860—1946),英国军事历史学家。

他把大部分书的防尘书衣扔掉了，无意之中大幅降低了书的价值。许多现代初版书，如果有书衣的话价值一百美元，没有书衣就只值十美元到十五美元。翁德东克得知这一点时大吃一惊——大部分的人都是如此。

我坐下来计算数字，他又端来一些咖啡，这次还拿来了一瓶爱尔兰密斯特①。"我喜欢在咖啡里加点酒。"他说，"你要不要也来一点？"

听起来很诱人，但不守规矩怎么行？我啜饮着我那杯什么都没加的黑咖啡，继续计算数字，结果超过五千四百美元。我告诉了他。"我估计的可能比较保守。"我补充道，"这是现场估的价，没有参考相关资料，我倾向于估得偏低一点。整数六千美元应该是不成问题的。"

"这个数字代表什么？"

"零售价。公平市价。"

"那么如果你以书商的身份来买这些书，当然这是假定你对这些东西有兴趣的话——"

"我有兴趣。"我承认，"像这些东西我可以出一半的价钱。"

"也就是说你愿意付三千美元？"

我摇摇头。"我会以先前估的那个价钱为准。"我说，"我可以付两千七百美元。当然，其中包括了搬运的费

---

①加冰块和柠檬皮的威士忌或其他烈酒。

用。"

"我明白了。"他啜着自己那杯咖啡,将细瘦的腿交叠起来。他穿着剪裁合体的灰色法兰绒宽腿裤,和一件犬牙格子花纹、皮纽扣的居家外套。鞋子可能是鲨鱼皮的,非常优雅,完全展示出了他的小脚。"我现在不想卖,"他说,"但如果我真的要搬家——也确实有这个可能——我会考虑你开的价码的。"

"书价时涨时跌。几个月或一年之后价钱可能会变高或变低。"

"这我明白。如果我决定处理掉这些书,优先考虑的会是方便而不是价格。我想接受你的出价会比到处比价简单得多。"

我越过他肩头看着那幅蒙德里安,不知道它值多少。随便猜猜,也有他那些书的公平市价的十倍、二十倍甚至三十倍吧。他这幢公寓则大概是那幅蒙德里安的三倍或四倍,所以几本旧书多卖或少卖一千块对他大概不会太重要。

"我要谢谢你。"他说着站起来,"你跟我说过你的费用。是两百美元吗?"

"是的。"

他掏出皮夹,又停下动作。"我希望你不反对收现金。"

"我从来不反对收现金。"

"有些人身上不喜欢带现金。我能理解，这年头不安全。"他数出四张五十美元的钞票交给我，我拿出皮夹，给那些钞票安了个新家。

"不知能否借用你的电话——"

"当然。"他说着将我引到书房。我拨了先前拨过的那个号码，又让它响了十二声，但差不多在响到第四声的时候我开始对着话筒讲话，就像有人接听一样。我根本不知道翁德东克是否能听到我说话，但既然做了，就要把事情做好，何必拿着一直响着没人接的话筒傻站太久，引起不必要的注意呢？

因为太专心于表演，我想我大概让电话响了超过十二声，但有什么关系？反正没人接，我挂断后回到客厅。"嗯，再次谢谢你这笔生意。"我边说边把笔记纸放回我的公文包里，"如果你真的决定买保险，我可以提供书面的估价——如果保险公司这么要求的话。如果你需要，我也可以把价钱调得高一点或低一点。"

"我会记住的。"

"如果你真的决定处理掉这些书，请一定告诉我。"

"我会的。"

他将我带到门边，打开门，和我一起进了走廊。指示灯显示电梯在一楼。我的手指在按钮上虚晃一下，但并没有真的按下去。

"我不想耽误你的时间。"我对翁德东克说。

"不麻烦的。"他说,"等等,是我的电话在响吗?好像是。那么我就跟你说再见了,罗登巴尔先生。"

我们很快地握握手。他匆匆回到公寓里。门关上了。我数到十,迅速跑过走廊,猛地拉开逃生门,然后跑下四段楼梯。

# 3

在十一楼的楼梯间,我停下来喘口气。很快,我的呼吸就平缓下来了,这可能是我经常在河畔公园跑跳半小时的原因。要是知道慢跑对事业有这么大的帮助,说不定我多年前就开始跑步了。

(我跑下四段楼梯,怎么会从十六楼来到十一楼?因为没有十三楼。你早就知道这一点了,不是吗?当然了。)

逃生门在楼梯的这一侧是锁着的。这是另一项安全措施;失火或电梯故障的时候,住户(以及其他任何人)可以利用逃生门下楼,但他们只能从大厅离开,不能走到其他楼层。

嗯,这在理论上听起来是挺不错的,但只要用一条一英寸宽的弹性钢片就能很快解决,然后我轻轻地推开门,确定西线——至少是走廊上——无战事。

我通过走廊来到11B门前。门缝底下没有光透出来,我把耳朵贴在门上也没听见任何声音,甚至连浪涛声都没有。我本来就知道不会听见任何声音，因为我刚刚才让11B的电话响了十几二十声，但闯空门的风险实在太高，即使你不铤而走险也一样。门柱旁装了一个珍珠贝母的扁平电铃按钮，我按下它，听见屋里的铃响声。门上还有一个新艺术派风格的叩门环，做成盘曲的眼镜蛇形状，但我不想在走廊上发出嘈杂声。事实上，我一秒钟都不想在那个走廊里多待，于是俯下身动起手来。

首先是防盗系统。你可能没想到住在查理曼大帝的人还需要防盗系统，但话说回来，你家大概没有一屋子的艺术品以及可媲美末代埃及国王法鲁克收藏的集邮吧？如果偷东西的人不肯冒不必要的风险，那被偷的人又为什么应该冒险呢？

这道门上有防盗系统，因为有防盗系统的钥匙孔通常装在门上与肩膀齐高的地方，是个外层镀镍、直径约八分之五英寸的圆柱体。只要是人锁住的东西，人就可以打开，我就这么做了。我那一串工具里有一把方便好用的自制小钥匙，适用于这种款式的大部分锁，只要稍加锉磨移弄就可以挑动锁拴，然后——哦，不过你并不想知道这么多技术性的细节，对吧？我想也是。

我把钥匙插进锁孔转动，希望这样就成了。防盗系统是种狡猾的东西，配备了各式各样的自动保险装置。比如说，有些设置在屋里，电源被切断的时候就会触发。有些则限定你转动钥匙的方式，否则就会被触发。这个问题看起来很容易解决，但万一这是那种无声的防盗系统怎么办？那震耳欲聋的警铃只有在楼下或者某家保安公司的办公室里才听得到。

啊，对，另外一道锁，也就是门锁，是普拉德牌的。制造厂商的广告宣称，从来没有人成功地撬开过普拉德牌的锁。我很想走进他们的办公室去反驳这种说法，但那样对我又有什么好处呢？这种锁的结构设计得很好，这点我承认，而且他们的钥匙很复杂，不可能复制，但总体来说，最大众化的雷布森锁给我带来的麻烦比较多。反正，我若不是撬开了那个普拉德锁，就是把自己变得细长，钻过了钥匙孔，因为不到三分钟我就已经置身于那间公寓里了。

我关上门，打开铅笔大小的手电筒，上上下下照着门板。要是我犯下什么严重错误触动了防盗系统，而它的警铃又是响在某家保安公司办公室里的那种，那么在他们大叫大嚷着到来之前我还有充分的时间可以逃走。我查看着那个圆柱体，想看看它的线路是什么样的，也看看有没有哪里不对劲，而在皱眉挠头研究了一会儿之后，我开始呵呵地笑起来。

因为根本没有防盗系统。只有一个没跟任何东西相连的镀镍圆柱体，像个护身符似的装在门上。你看过那种贴在车窗上、警告说该车装有防盗系统的贴纸吧？人们花一块钱去买那种贴纸，希望借此能吓走偷车贼，也许真的有用。你也见过那些立着"内有恶犬"的牌子，可是根本没养狗的人家吧？牌子比狂犬病疫苗和爱宝狗粮便宜，而且你也不用一天两次带它出去溜达。

要是你花两块钱弄个圆柱体就能达到同样的保护作用，又何必花一千多块去装防盗系统呢？既然想象中的系统也一样安全有效，又何必装一个你要不就忘记设定、要不就忘记关掉的系统呢？

我心中充满了对约翰·查尔斯·阿普林的钦佩。和他做生意将是乐事一桩。


我有充分的理由确定他不在家。他在西弗吉尼亚州什么白硫黄温泉的格林伯尔，打高尔夫、晒太阳，参加可减税的"美国野火鸡之友"大会。那是一群致力于改善野外环境、使其更适于该鸟类栖息的环保人士，他们的终极目标是让这种鸟类的数量增加到一定数字，届时野火鸡之友们就可以在秋天带着猎枪和引诱物赶赴森林，在那里屠杀他们关爱的对象。毕竟，朋友是用来干什么的呢？

我锁上门以防万一，然后从公文包里拿出橡胶手套戴上，又花了点时间擦拭我在检查那个假警报系统时可能触摸到的地方。门外面还没处理，但我走的时候会抹花那些指纹。然后我又花了点时间靠在门上，让眼睛适应黑暗。同时，承认吧，很享受这种感觉。

这感觉可真棒！我曾经读到过有个女人把所有的闲暇

时间都花在科尼岛上，一而再、再而三地坐那个云霄飞车。显然她从那种奇特的消遣中所得到的兴奋刺激，和我每次擅闯别人家时是一样的——那种充满张力的情绪，那种血液在燃烧、每个细胞都活起来的感觉。自从我十三四岁第一次闯进邻居家，这种感觉就一直跟着我，这么多年来经过许许多多的罪与罚之后，它的强烈程度丝毫不曾降低，永远那么令人兴奋和激动。

我不是在自吹自擂。我对自己的技能有一种手艺人般的自豪，但对驱使我做这种事的力量一点也不骄傲。上帝知道，我是个天生的贼，骨子里天生就有一股偷窃的冲动。我怎么可能被改造？你能让鱼不游泳，让鸟儿放弃飞翔吗？

眼睛适应黑暗后，那种非法闯入的兴奋刺激已经退去，变成一种不那么尖锐的深深的幸福感。我手握电筒，飞快地巡视了一遍公寓。就算阿普林夫妇双双和那堆火鸡一起在遥远的地方，也总是有可能哪间房里有某个亲戚、朋友或仆人在安详地睡觉，或惊恐地躲起来，或悄悄在打电话到当地分局报警。我快速在每个房间进出，除了盆景之外没有看到任何活物。最后我回到客厅里，打开一盏灯。

有很多东西可供选择。那个眼镜蛇叩门环是我看到的第一件新艺术风格的物品，但绝非唯一的一件，而客厅里的蒂芙尼灯多得足以造成跳闸。大灯，小灯，桌灯，立灯——不可能会有人想要那么多的灯光。但话说回来，所谓的收集狂本来就是非理性而过火的。阿普林有成千上万张邮票，你认为他寄过几封信？

蒂芙尼的灯如今价值连城。我认出了其中的一些——蜻蜓灯，紫藤灯——拿两盏到拍卖场去，换来的钱足够你在郊区买幢好房子。但扛着镶铅框的玻璃灯走出查理曼大帝，也足以让你迅速住进监狱。这地方简直可以和博物馆媲美，我绕着圈子检视这些灯，但没有去动它们，也没有去动另外一大堆华而不实的漂亮东西。

阿普林夫妇似乎各有各的卧室，我在女主人的卧室里找到一些珠宝，放在梳妆台上层抽屉一个漂亮得令人惊奇的玳瑁珠宝盒里。盒子锁着，钥匙就放在旁边。看看这些人！我用那把小钥匙打开了珠宝盒——没有钥匙我也照样可以很快打开它，但既然没有人在旁边惊呼赞叹，又何必这样炫耀技艺呢？我本来是没打算拿的，尽管那些珠宝看起来真是棒，但有一副红宝石耳环让我无法抗拒，于是它就进了我的口袋。在一整盒珠宝里，她会注意到一副耳环不见了吗？而且就算她注意到了，她难道不会以为是自己不知道放到哪里去了吗？毕竟，有哪个小偷会只拿一副耳环，其他什么都不动的？

谨慎的小偷会这样做。对这个小偷来说，那天晚上他出现在查理曼大帝只是为了做点记录，因此必须避免偷走任何一旦不见会很容易被察觉的东西。我的确拿了那副红宝石耳环——毕竟我这一行不是百分之百没有风险的——但当我在阿普林衣橱抽屉里找到一沓五十美元和一百美元钞票的时候，就没有拿。

我承认，这是经过一番思想斗争的。那里的钱并非巨款，粗略算来大约有两千八百美元，但钱就是钱，什么都比不上现金。偷来的东西得销赃，偷来的钱却可以留着慢慢花。但他可能会发现钱少了，事实上，他回家之后第一样检查的东西说不定就是这些钱，要是钱不见了，他马上就会知道不是自己忘记了放在哪里，当然钱也不会自己走掉。

我想过只拿几张，觉得应该不会被发现，但拿多少才算太多呢？这样虽然可以确保有现金在手，但要做出这么细微的划分实在太难了。还是把钱留着不动比较容易。

我在书房里发现了意外之财。

那里有个书柜，但和翁德东克的藏书完全不同。有一些参考书，一层架子上满是邮票目录，有几本关于枪支的书，还有一套再版的詹恩·格雷[①]的小说，很便宜，在巴尼嘉书店是大特价的货色，四毛一本，一块钱三本。

墙上一个玻璃柜里有两把猎枪和一把来复枪，枪柄上有细致的花纹，枪管闪着寒光。我想这是用来打火鸡的，

---

[①] 詹恩·格雷（Zane Grey, 1872—1939），美国小说家。

不过用来打小偷也行,我不喜欢这些枪的模样。

书桌上方挂着一幅奥德本[①]的美国野生火鸡版画,镶在仿古的画框里。真正的火鸡则填塞成标本站在书柜上,看起来有一点凄凉。我想是它的朋友JC[②]射杀它的。首先他会用那种模样古怪的木制火鸡引诱物发出鸣叫声,然后扣下猎枪的扳机,现在那只火鸡便达到了某种标本式的不朽。唉,算了。闯进别人房子的人,不管那房子是不是玻璃做的,大概都不应该丢石头[③],或者出言中伤,或者随便别的什么。

无论如何,火鸡、枪支和书本都不是重点。在那张大书桌后面、那幅奥德本的火鸡版画底下,有一排十二册的深绿色本子,约一英尺高、两英寸宽。那是《斯科特精选集邮册》,简直是小偷的梦中情人。英属亚洲,英属非洲,英属欧洲,英属美洲,英属大洋洲,法国及法属殖民地,德国、德语国家及德国殖民地,荷比卢三国,南美与中美洲,斯堪的纳维亚,还有一册比其他的逊色一点,是美国。

我一册接一册地看。阿普林的邮票并不是用透明胶水纸固定在页面上,而是一张张分别用特别设计的小塑胶衬

---

[①]奥德本(John James Audubon, 1785—1851),出生在法国的美国博物学家及画家,擅长画鸟类。
[②]约翰·查尔斯·阿普林(John Charles Appling)名字的缩写。
[③]出自西方谚语"住在玻璃屋内的人不应丢石头",指自己处境微妙、有风险,没有立场作出批评和攻击。

袋装起来——用透明胶水纸固定得完好无损的邮票，就像丢掉书的防尘书衣一样，在经济方面是不智之举。我可以拿下那些塑胶衬袋，也想到要这么做，但从这些活页册子里整页整页撕下来要迅速、简单含蓄多了，于是我就这么做了。

我对邮票略知一二。虽然知道得不算多，但我可以一边翻阅集邮册一边做出明智的选择，决定拿走哪些、留下哪些。就拿荷比卢的那一本来说吧，里面包括了荷兰、比利时、卢森堡三国，以及比利时与荷兰的殖民地的邮票，我取出了所有价值远高于票面的慈善邮票——全都完整无损，立即可卖——以及大多数优良的十九世纪代表作。我留下了比较专业的东西，比如包裹邮件、欠资邮票之类。从大英帝国的那几本里，我大肆搜刮了维多利亚、爱德华七世和乔治五世时期的邮票。拉丁美洲的那些册子我拿得不多，因为我对这个地区知之甚少。

大功告成，我的公文包里塞满了集邮册的活页，那些集邮册则回到了书桌上，按原来顺序摆放，看不出里面的内容有所减少。二十页中我才拿一页，但都是值得拿的。我相信我一定遗漏了某些难得一见的无价之宝，拿的东西也一定良莠不齐，就像我在人生里无论好事坏事都一并承受一样，但大体说来，我觉得我这番去芜存菁的工作干得很漂亮。

我对这堆东西值多少钱一点概念也没有。从美国那册里拿出的活页中包含一张印反了的双色航空邮票，面额是二十四美分，画面中的飞机上下颠倒。我不记得这张邮票最近一次拍卖的记录是多少，但我知道价钱高达五位数。从另一方面来说，这张邮票得销赃，也就是卖给一个知道这是偷来的人，因此价钱会被压低不少。相比起来，其他大部分东西都没这么显眼，卖出的金额应该可以更接近公平市价。

那么我公文包里的东西到底值多少？十万？这并不是不可能。我可以净赚多少呢？三万，三万五？

这个数字相当实际，但完全是我的估计，有可能错得离谱，不是太多就是太少。二十四小时后我就会清楚得多。到时候这些邮票统统得被从活页上的小塑胶衬袋里拿出来，一组一组地整理好，装进半透明的玻璃纸书衣里，再根据去年的《斯科特标准邮票目录》①——这是出现在我店里的最近一期——查出它们的价值（我可以去买一本新的，但好像有点不值）。然后，阿普林的集邮册活页和小塑胶衬袋会和任何有特殊记号、容易被辨识出来的邮票一起销毁。一天之内，我和约翰·查尔斯·阿普林的邮票收藏之间的关联将只剩下一盒装在玻璃纸书衣里的邮票，每一张都看不出什么来龙去脉。再过一段长短不定、但绝

---

① 由世界著名邮票目录出版商美国斯科特出版公司出版的《斯科特标准邮票目录》是当今世界各国集邮者的最佳工具书，从一八六八年开始出版，是全世界唯一一套每年更新的世界邮票目录。

不会超过一星期的时间，这些邮票就会有了新主人，我手上的邮票也就会被钱所取代。

阿普林可能要到好几个月之后才会发现这些邮票不见了。也许他拿出一本集邮册来翻阅的时候马上就会注意到，但这也不一定。我留下的比拿走的多二十倍，如果不是价值多二十倍，至少也是数量多二十倍。他有可能打开册子，翻到某一页，添上一张邮票，却始终发现不了有其他页不见了。

这其实并不重要。他走进家门的那一刻不会注意到，而等他真的注意到时也说不上来东西是何时被偷的——在他去格林伯尔远足之前或之后都有可能。保险公司可能会赔他钱，也可能不会，他可能会大赚一笔，也可能亏本，甚至可能赔个精光，但谁在乎呢？反正我不在乎。一批花花绿绿的纸片会换了主人，另一批花花绿绿的钞票也会换了主人，世界上没有半个人会因为我今夜的活动而饿肚子。

你知道，我并不是在为自己作道德上的辩护。偷窃是道德所不容的行为，这一点我很清楚。但我并不是在偷盖在死人眼睛上的钱币，不是在偷小孩手里的面包，也不是在偷具有深厚纪念意义的物品。这么说吧，我最喜欢偷收藏家；将他们的收藏品洗劫一空的时候，我一点罪恶感都不会有。

\* \* \*

然而，政府的观点比较强硬。他们不认为拿走集邮家的邮票和偷光寡妇的房租钱有什么不同。不管我如何替自己的行为找合理的说辞，我还是得尽量避免进监狱。

这表示我得赶快离开。我关上灯——可不是吗，书房里也有一盏蒂芙尼的灯——朝前门走去。走到半路的时候，我的肚子咕噜咕噜地叫起来，我想到去冰箱里弄点东西做个三明治吃，反正他们连值钱的稀有邮票不见了都不会注意到，又怎么会注意一点食物呢。但监狱里多的是停下来吃了个三明治的人，何况离开这里后，我可以吃掉整家餐馆的东西。

我眯着眼睛凑近门上的窥视孔，走廊上没有人；我把耳朵贴在门上，也听不到任何动静。我转开门锁，小心地慢慢将门推开，看见走廊上没人便走了出来。我再度拨弄那个普拉德锁，这次是把门锁上，免得厂家伤心。我没有重新设定那个冒牌防盗系统，只是对那个圆柱体眨眨眼，便迈步离开，又停下来抹花了我可能留在门外的指纹。接着，我提着公文包走向逃生门，打开门走出去，等它安静地在我身后合上，然后吐出长长的一口气。

我从楼梯走到上一层楼，脱下橡皮手套塞进外套口袋里——我不想冒着把邮票散落一地的风险打开公文包。然后我再走上三层楼梯，重新锁好逃生门，出现在走廊上，按铃等电梯。电梯是从大厅升上来的，这时我看了看表。

十二点三十五分。我向翁德东克道晚安的时候是十一点三十分，也就是说我在阿普林的公寓里花了将近一个小时。我觉得自己应该可以在半小时之内就出来的，但用在翻阅集邮册上的时间很难省下多少。或许我可以不进卧室，也用不着那么仔细地欣赏那些蒂芙尼的灯，但只工作不娱乐未免太无聊了吧。我安全出来了，这才是最重要的。

但没能在午夜之前离开仍然很可惜，因为公寓大楼人员换班通常都在午夜。这下我会被另一个电梯操作员、另一个管理员、另一个门卫看见，而不是被同一组人看见第二次，你说哪种情况风险比较大呢？不过这其实也不重要，因为我都已经报出真名了，而且——

电梯来了。我走进电梯，转向翁德东克家关着的门。"晚安。"我说，"我会尽快把数目估给你的。"

电梯门关上，缓缓下降。我靠在镶着木板的电梯壁上，双腿交叉。"漫长的一天。"我说。

"我的一天才刚开始。"电梯操作员说。

我尽量忘记头顶上有个摄像头。这就好像试图忘记自己的左脚泡在一桶冰水里一样。我不能看它，可是又压抑不住想看它的冲动，于是精心打了好几个呵欠。实际上，电梯下楼花的时间很短，但感觉上却那么漫长。

我很快地向管理员点了点头。门卫帮我开了门，然后赶在我前面到人行道上去叫出租车。几乎立刻就来了一辆。我给了门卫一美元小费，让出租车司机载我到麦迪逊大道和七十二街交叉口。我付钱下车,向西步行一个街区到第五大道,然后搭另一辆出租车回我住的地方。一路上我把公文包平放在膝头,重温我在 11B 公寓里度过的那一小时中的片段。那普拉德门锁被拨弄、逗引得支撑不住,弹开锁栓投降的那一刻。那张印反的航空邮票映入眼帘的那一刻,它单独安放在一页上,仿佛从误印出来的那一天起就在等待着我。

我给了出租车司机一美元小费。我家的门卫是个眼神涣散的年轻人,永远在朦胧的酒意中值从午夜到早上八点的班。我想他可能会愿意为我开门,但没有这个必要,因为门是大开着的。他坐在凳子上没动,对我投来狡猾的、同谋者般的笑容。不知道他认为我们分享了什么秘密。

上了楼,我想换换口味,于是把自家的钥匙插进自家的门锁里,打开了门。灯是开着的。他们真体贴啊,我想,还为窃贼留下了一盏灯。等一下,哪来的什么他们?留下一盏灯的是我,只是我并未这么做,因为我从来不会出门不关灯。

到底是怎么回事?

我一脚踏进去,然后又警惕地收回,仿佛是在学新舞步似的。我走进门,转身面向沙发,眨眨眼,而像一只长着斗鸡眼的猫头鹰、坐在那里也对我眨眼的是卡洛琳·凯瑟。"哦,天哪,"她说,"也该是时候了。你到底上哪儿去了,伯尼?"

我关上门,拉上锁栓。"你开了我的雷布森锁。"我说,"我还以为你弄不开呢。"

"我是弄不开。"

"别告诉我是门卫让你进来的。他不应该这么做,何况他也没有钥匙。"

"我有钥匙啊,伯尼。你给过我你家的钥匙,记得吗?"

"哦,对。"

"于是我把钥匙插进锁里转动,结果门可不一下就开了吗。你应该自己找个时间试试,灵得很。"

"卡洛琳——"

"你有没有什么喝的?我知道应该等主人先问,但谁有这耐性?"

"冰箱里有两瓶啤酒。"我说,"一瓶要用来配我马上要做的三明治,你可以喝另一瓶。"

"墨西哥黑啤酒,对吧?双叉牌?"

"对。"

"喝完了。你还有什么?"

我想了一下。"还剩下点苏格兰威士忌。"

"单一麦芽?叫什么格伦·依莱的?"

"你找到了,也喝完了?"

"恐怕是这样,伯尼。"

"那就没了,"我说,"除非你想干掉那瓶拉弗瑞斯。

我想它的酒精度有六十吧。"

"狗爸生的。"

"卡洛琳——"

"你知道吗？我想我还是说'狗娘养的'好了。这个词也许有性别歧视的意味，但比起说'狗爸生的'要令人满足多了。说'狗爸生的'，人家根本不知道你是在骂人。"

"卡洛琳，你在这里做什么？"

"我在做什么？我快渴死了。"

"你喝醉了。"

"别瞎说，伯尼。"

"你是醉了。你喝了两瓶啤酒和一品脱的苏格兰威士忌，脸色像大便一样。"

她用胳膊肘抵住膝盖，手掌托着头，瞪了我一眼。"首先，"她说，"那不到一品脱，大概只有六盎司，连半品脱都不到。这在好酒吧里相当于三杯酒，在很棒的酒吧里相当于两杯。第二，说你最好的朋友脸色像大便一样，这种话不好听。两眼发直，也许吧。喝迷糊了，东倒西歪了，有点不行了，这些都可以接受。但'脸色像大便一样'，这种话不可以对你爱的人说。还有第三——"

"第三，你还是喝醉了，没错。"

"第三，我在喝你的酒之前就已经醉了。"她露出胜利的微笑，然后皱起眉头，"或者应该是第四，伯尼？我不知道。要一个一个算清楚真困难。第五，我回到我住的地方之前就醉了,然后我又喝了一杯才来你这儿,所以这下我——"

"来得不是地方。"我建议道。

"我不知道怎么会这样的,"她不耐烦地一挥手,"这不重要。"

"不重要?"

"不重要。"

"那什么才重要?"

她鬼鬼祟祟地环顾四周。"我不应该告诉任何人的。"

"不应该告诉任何人什么事?"

"这里没有虫子① 吧,伯尼?"

"只有普通的蟑螂和蠹虫。出了什么问题,卡洛琳?"

"问题出在,我的小毛毛被抓了。"

"啊?"

"哦,天哪,"她说,"我的架被猫绑了。"

"你的架——卡洛琳,你语无伦次了。你来之前到底喝了多少?"

"妈的,"她声音很大,"可不可以请你听我说?是阿齐。"

"阿齐?"

她点点头。"阿齐。"她说,"阿齐·古德温被绑架了。"

---

① 这里"虫子"用的英文是 bug,也有"窃听器"的意思。

# 4

"是那只猫。"我说。

"对。"

"阿齐是那只猫。你的缅甸猫。那个阿齐。"

"当然啊,伯尼。不然还会是谁?"

"你说阿齐·古德温,我第一个想到的就是——"

"伯尼,那是它的全名。"

"我知道。"

"我说的不是阿齐·古德温那个人,伯尼,因为他是尼禄·沃尔夫那套小说里的人物[①],他要被绑架也只可能是在书里,如果发生了这种事,我也不会半夜三更跑到这里来。老实说吧,伯尼,我觉得你比我还需要喝一杯,这一点很耐人寻味。"

"我想你说得对。"我说,"我一分钟后就回来。"

---

[①] 美国侦探小说家雷克斯·斯托特(Rex Stout, 1886—1975)创作了一系列以尼禄·沃尔夫为主人公的侦探小说,书中阿齐·古德温是尼禄的助手。

事实上差不多有五分钟。我沿着走廊经过邻居赫施太太家,到赛德尔太太家去。据赫施太太说,赛德尔太太到谢克高地拜访亲戚去了。我按了她家的门铃以策安全,然后把自己放进了她的公寓里(她出门时没有多上一道锁,所以我只要用一条塑料片撬开弹簧锁就行了。我想,得有人去跟赛德尔太太谈谈这件事)。

我带回来一瓶几乎全满的加拿大俱乐部牌威士忌,替我们两人各倒一杯。我瓶盖还没盖好,卡洛琳就已经一口干了她那杯。

"好多了。"她说。

我也喝了一口,酒下肚之后我才想起肚子里空空的。现在让我醉倒要比让卡洛琳清醒容易多了,但我不觉得这是个好主意。我打开冰箱弄了个三明治,把切成薄片的波兰火腿和蒙特里杰克干酪[①]加在那种芳香的黑麦面包上。我咬了一大口,若有所思地咀嚼着,真想能有一瓶双叉牌啤酒。

"阿齐怎么样?"我说。

"它不喝酒。"

"卡洛琳——"

"对不起。我不是故意要说醉话的,伯尼。"她自己动手又倒了一些威士忌,"我回到家,喂过猫,自己吃了点

---

[①] 一种美国生产的奶酪,由全脂牛奶制成,拥有乳脂般的口感和质地,口味清爽。

东西，然后觉得坐不住就出门去了。我到处乱逛。我想我有点像那种情绪会受月亮影响的人。你有没有注意到今天晚上的月亮？"

"没有。"

"我也没有，不过我敢说一定是满月或者快要满月了。我总觉得问题好像就出在我没去对地方。于是我就换了个地方，结果感觉还是一样。我去了宝拉、公爵夫人、凯丽之西，还有布里克街上两家普通的异性恋酒吧，然后我又回到宝拉打了一会儿台球，接着跑到十九街上一个脏兮兮的地方，叫什么名字我忘了，然后我又回到公爵夫人——"

"我大概知道了。"

"我到处换地方，当然每到一个地方都得喝杯酒，而我又去了很多地方。"

"于是就喝了很多酒。"

"还能怎么样？但我并没有打算喝醉，你知道。我是希望能碰上好运。真爱究竟会不会有降临在卡洛琳·凯瑟身上的一天？要是不行，那真欲呢？"

"看来今晚是没有。"

"我跟你说，我提不起兴致来。我打了两次电话找艾丽森，本来我发誓绝不这么做的，不过没关系，因为反正她也没接电话。然后我就回家了。我想我就早点上床吧，也许睡前先喝杯白兰地，结果打开门就发现猫不见了。我说的是阿齐。尤比没事。"

阿齐的全名叫阿齐·古德温，是一只身材修长的缅甸猫，很擅长发出腔调十足的哀鸣声，表情也很到位。尤比的全名叫尤比奎图斯，意思是"无所不在"或者"无处不在"，我忘记是哪一个了。它是一只圆滚滚的俄罗斯蓝猫，比较愿意亲近人，不像阿齐那么霸道。它们原来都是男性，也都各自在小小年纪就接受了那种让它们改喵女高音的手术。

"它大概躲在什么地方。"我提议道。

"不可能。我找过它所有的藏身之处，找过里面、下面、后面。而且我还开了电动开罐器。那声音对它来说就像达尔马提亚狗听到火警一样。"

"也许它溜出去了。"

"怎么可能？窗户是关着的，门上了锁。就算是约翰·狄克森·卡尔[①]也不可能把它弄出去。"

"门是锁着的？"

"锁得好好的。我出门的时候总是牢牢扣上我那些锁栓。你让我成了那东西的信徒。我还锁上了那个狐狸牌警察锁。我知道我把这些锁都锁上了，因为我进门的时候得先把它们都打开。"

"那它就是在你出门的时候跑掉的，或者是在你进门

---

[①]约翰·狄克森·卡尔（John Dickson Carr，1906—1977），美国侦探小说作家，被称为"密室之王"。

的时候溜出去了。"

"如果是那样,我会注意到的。"

"嗯,你自己也说你比平常多喝了几杯以庆祝月圆。也许——"

"我没有醉成那样,伯尼。"

"好吧。"

"而且它从来不会这样。它们两个都从来没有跑出去过。听着,我们可以各说各话,兜圈子浪费时间,但我知道我的猫确实被抓走了。我接到了一个电话。"

"什么时候?"

"我不知道。我不知道我回家的时候几点了,也不知道我花了多少时间找猫、不停地开电动开罐器。家里有一点白兰地,最后我给自己倒了一杯坐下来喝,然后电话就响了。"

"然后呢?"

她又给自己倒了一杯酒,倒得不多,正要举杯凑到嘴边的时候停了下来。她说:"伯尼,不是你干的吧?"

"啊?"

"我是说,这玩笑开大了,但如果真的是这样,现在就告诉我,嗯?如果你现在告诉我,我不会生气,但如果你现在不说,那我就要翻脸了。"

"你认为是我带走了你的猫?"

"不,我没有,我不认为你有那种该死的幽默感。但人有时候会做些奇怪的事,而且还有谁可以把那些锁全部打开,离开的时候又再把它们都锁起来呢?所以,只有等你说了'是,卡洛琳,是我带走了你的猫',或者'不,你这小白痴,我没有带走你的猫',然后我们才能继续谈下去。"

"不,你这小白痴,我没有带走你的猫。"

"谢天谢地。只不过如果是你带走了猫,就表示它一切平安。"她看着手里的玻璃杯,仿佛以前从来没见过它一样,"这杯是我刚倒的吗?"

"嗯。"

"唔,我肯定知道当时我在干什么。"她说着把酒一饮而尽,"那个电话。"

"对。跟我说说那个电话的事。"

"我不确定那是个男的还是女的。不是一个男的把声音提高,就是一个女的把声音压低,我不能确定。不管那是谁,口音听起来像彼得·洛①,但非常假。'小猫在我们手上'那种口音。"

"他是那么说的吗?'小猫在我们手上'?"

"或者是有同样效果的话。如果我想再见到它,滴答滴答滴答滴答。"

"这滴答滴答是什么意思?"

---

① 彼得·洛(Peter Lorre,1904—1964),奥地利裔美国演员,常在二十世纪三四十年代的悬疑片中扮演反面角色。

"你不会相信的,伯尼。"

"他要钱?"

"二十五万美元,否则我就再也见不到我的猫了。"

"二十五——"

"万。对。"

"二十五万——"

"美元。对。"

"去赎——"

"一只猫。对。"

"这简直是——"

"狗爸生的。对。我也是这么说的。"

"呃,这真是疯了。"我说,"首先那猫并不真的值钱。它名贵得足以参加猫展吗?"

"可能,但又怎样?它又不能当种猫。"

"而且它也不像莫里斯那样是电视明星。它只是一只猫。"

"只是我的猫。"她说,"只是刚好是我爱的动物。"

"你想要条手帕吗?"

"我想要的是让自己别这么蠢了。妈的,我忍不住。手帕给我。我上哪儿去弄二十五万美元,伯尼?"

"首先,你可以把你那些陈年瓶子统统拿回店里去退钱。"

"积少成多,是吧?"

"积水成河,积沙成塔。这又是另一件疯狂的事。谁会认为你能拿出那么大一笔钱?你的公寓很舒适,但阿伯巷二十二号又不是查理曼大帝。任何一个聪明到能闯进去,出来的时候还把门锁好的人——他真的把门都锁好了?"

"我对天发誓。"

"谁有你家的钥匙?"

"只有你有。"

"兰蒂·梅辛格呢?"

"她不会做这种事。而且狐狸锁是我和她分手之后新装的。还记得是你帮我装的吗?"

"你出门的时候把它锁上,回家的时候把它打开。"

"绝对。"

"你不是只把圆柱转上而已,横栓什么的都锁住了。"

"伯尼,相信我。那锁是锁上的,我得用钥匙才能打开。"

"那么兰蒂就排除在外了。"

"她不会做这种事的。"

"不会,但也许是有人拿了她的钥匙去复制了一套。我那套钥匙还在吗?"我检查了一下,钥匙还在。我转过身来,看见我那个公文包靠沙发站着。要是箱子里的东西都能照市价卖出,那我或许就筹到了一只二手缅甸猫五分之二的身价。

哦，我觉得——

"吃两颗阿司匹林。"我说，"如果你想再来一杯的话，就加点热水和糖。这样你会睡得好些。"

"睡？"

"嗯，而且越快越好。你睡床，我睡沙发。"

"别犟了，"她说，"我睡沙发。但我不会这么做，因为我不能留在这里，他们说早上会给我打电话。"

"所以我要你睡觉。这样他们打电话来的时候你的头脑才会清醒。"

"伯尼，有件事我要告诉你。到了早上我的头脑不会清醒的。我的头会痛得像一颗惹火了球王贝利的足球一样。"

"哦，至少我的头脑会很清醒，"我说，"有一个人清醒总比没有人清醒好。阿司匹林在药箱里。"

"真是个放阿司匹林的好地方。我敢说你是那种会把牛奶放进冰箱、肥皂放在肥皂盒里的人。"

"我去弄杯热甜酒给你。"

"你没听到我说的话吗？我得回家去等他们的电话。"

"他们会打到这里来的。"

"为什么？"

"因为你没有二十五万美元，"我说，"又有谁会错把你当成亿万富翁呢？所以，如果他们要你拿一大笔钱去赎阿齐，一定是料到你会去偷，这表示他们一定知道你有个干小偷的朋友，也就表示他们会打到这里来。把这个喝了，吃颗阿司匹林，然后上床睡觉。"

"我没带睡衣。你有没有衬衫之类的可以借我穿着睡觉？"

"当然。"

"而且我不困。我上了床只会翻来翻去，不过我想这也无所谓。"

五分钟之后她已经在打鼾了。

# 5

柜台上的告示说建议的捐献金额是两块五。"你可随意捐多或捐少,"上面还劝告道,"但一定要捐一点。"我们前面的那个人"当"的一声丢下一枚一角硬币。职员便开口告诉他关于建议的金额,不过这家伙没接受。

"你自己看看这张告示吧,小子。"他面带不悦地说,"你们这些害虫要拿这事来烦我多少次?好像这是你们自己的钱一样。他们没让你们从捐献里抽佣金吧?"

"还没。"

"喂,我是个艺术家。那一毛钱已经足以让我倾家荡产了。你们要不好好接受它,以后我就只捐一分钱。"

"哦,你不能这么做,特恩奎斯特先生。"那位职员促狭地说,"这会让我们的预算整个垮掉的。"

"你认识我?"

"每个人都认识你,特恩奎斯特先生。"一声沉重的叹息,"每个人都认识。"

他拿起特恩奎斯特先生的一毛钱，给了他一个用来别在衣领上的黄色小别针。特恩奎斯特转过身来，把别针别在他西装外套的前胸口袋上。外套是二手廉价店里买的，颜色是某种灰，跟他那条二手廉价店的长裤配在一起还算协调。他微笑着，露出一口参差不齐、被烟熏得变色的牙齿。他的头发是生了锈的棕色，稀稀落落的山羊胡则比较偏红，也多掺了几抹灰色，看上去有两三天没刮胡子了。

"自以为是的绣花枕头。"他忠告我们，"这些人全是这样。别听他们的屁话。要是艺术会被吓倒的话，就不是艺术了。"

他向前移动，我放了一张五美元的钞票在柜台上，换来两个别针。"艺术家。"职员意味深长地说。他用手指点点另一个告示，上面说十六岁以下的儿童无论有没有大人陪同都不得入内。"我们应该修订一下我们的制度。"他说，"小孩、狗，还有艺术家一律不准进入。"


我比卡洛琳醒得早，起来第一件事就是到西七十二街的烈酒店去买一瓶加拿大俱乐部牌威士忌。我把酒带到赛德尔太太家，在门上敲了敲，确定没人应门之后自己进去，把那瓶酒拆封，将一盎司左右的酒倒进水槽，再盖上瓶盖把酒放回我前一天晚上找到那瓶酒的地方。我把自己送出门，在走廊上遇到了赫施太太，她的嘴角永远叼着一根点燃的香烟。我到她公寓里喝了杯咖啡。她煮的咖啡棒极了。我们谈起了地下室里的投币洗衣设备这个老话题。她对烘干机颇为恼火,因为不管上面的刻度如何,那些机器只有两种温度——"开"和"关"。我不满的是洗衣机,对付袜子像吃豆人①一样贪婪。关于我刚刚才从赛德尔太太家走出来的这件事,我们两个都没提起半句。

我回到自己的公寓里,一边动手煮壶咖啡,一边听着卡洛琳在浴室里呕吐。她出来的时候脸色有点发青,抱着脑袋坐在沙发一角。我冲了个澡,刮了胡子,出来后看见她正沮丧地盯着一杯咖啡。我问她要不要阿司匹林,她说她不介意来几颗强效的泰诺,但我家没有。我吃了早饭,她没吃,我们都喝了咖啡,然后电话就响了。

一个不带口音的女人声音说道:"罗登巴尔先生?你跟你朋友谈过了吗?"

我想指出这个问题隐含着侮辱之意,这表示对方认为我只有一个朋友,认为我是那种朋友不可能超过一个的人,有一个就很走运了,而且这个朋友变聪明之后八成会弃我而去。

我说:"是的。"

"你准备好付赎金了吗?二十五万美元。"

---

① 吃豆人(Pac-Man)是电子游戏历史上的经典街机游戏。游戏的规则很简单,就是控制游戏的主人公黄色小精灵吃掉藏在迷宫内所有的豆子,并且不能被"幽灵"抓到。

"你不觉得这数目有一点高吗？我知道如今的通货膨胀实在可怕，我也了解缅甸猫的行情走俏供不应求，但是——"

"这钱你准备好了吗？"

"我家里尽量不放那么多现金。"

"你能弄到？"

电话铃一响卡洛琳就坐到我旁边来了。我一手按在她的胳膊上让她安心，一边对着电话说："咱们就别再闹了，嗯？把猫送回来，我们就不追究，否则——"

否则什么？我要是知道我能有什么威胁就奇怪了。但卡洛琳没给我机会。她紧紧抓着我的手臂，说："伯尼——"

"我们会把猫杀了。"那女人说，音量突然放大了许多，带着口音。听起来的效果让人想起某种维也纳糕点广告和二战电影里某个似乎在德国有亲戚的家伙。

"咱们都冷静点。"我对她们两人说，"没必要使用暴力。"

"如果你们不付赎金——"

"我们两个人都没有这么多钱。这个你们一定知道。现在你何不说说你们究竟要什么？"

对方停顿了一下。"叫你朋友回家去。"

"请你再说一遍？"

"她信箱里有东西。"

"好吧。我会跟她一起去，然后——"

"不行。"

"不行？"

"你留在原地。会有人打电话给你。"

"但是——"

咔嗒一声。我坐在那里看着话筒，过了好几秒钟才挂上。我问卡洛琳有没有听到对方说什么。

"我零零碎碎听到几个字。"她说，"和昨晚是同一个人。至少我认为是。反正口音是一样的。"

"她讲到一半才改口的。我想她一开始是忘了，然后才想起来她应该装出一副有威胁性的口气。要不然就是她一兴奋就会脱口而出。我不喜欢让我们各自单独行动。她要你回你的公寓，我留在这里。我不喜欢这样。"

"为什么？"

"嗯，谁知道她想干什么。"

"我反正是要到市中心去的。十一点有客人要带一只雪纳瑞来。妈的，我没有多少时间了，对吧？我现在这脑子，实在没办法面对雪纳瑞。幸好是一只迷你雪纳瑞，要是在这种时候我还得洗一条巨型雪纳瑞，那我真不知道该怎么办好了。"

"路上回你公寓一趟，如果你有时间的话。"

"我会抽时间的。反正我也得回去喂尤比。你觉得会不会——"

"怎么样？"

"会不会尤比也被他们带走了？也许这就是他们要我回公寓的原因。"

"他们叫你去看信箱。"

"哦，天哪。"她说。

她离开后，我开始整理阿普林收集的那些邮票。我想这么做大概很冷血，因为阿齐命在旦夕，但即便如此它也还剩八条命，而我想的是尽快把阿普林的邮票处理得看不出原主。我把灯打开，坐在厨房的桌子旁，准备了邮票夹、一盒半透明玻璃纸封套，还有一本斯科特目录，然后把邮票从塑胶衬袋移到封套里，每次一组，再在封套上加注适当的说明。我没有浪费时间去估计价格。那是另外一项任务，可以回头再说。

我正埋头处理乔治五世时代特立尼达和多巴哥的高价邮票时，电话响了。"这个信箱到底有什么屁事？"卡洛琳质问道，"里面除了一张账单之外什么也没有。"

"尤比还好吗？"

"尤比没事。它看起来茫然若失，形单影只，而且它的心可能都快碎了，不过除此之外它还好。那个纳粹有没有再打电话？"

"还没有。也许她说的是你店里的信箱。"

"那里没有信箱。只有门上开了一条缝而已。"

"嗯，也许她搞错了。你去洗那只萨路基猎犬吧，等等看接下来会怎么样。"

"不是萨路基猎犬,是雪纳瑞,而且我知道接下来会怎么样。我会湿淋淋的一身狗味。你有他们的消息就打电话给我,好吗?"

"好。"我说。十五分钟后电话响了,是那个神秘的女人。这次没口音了,也没有曲折离奇的遁词。她说我听,她讲完后我坐在那里想了一分钟,然后挠挠头又想了想。最后我把阿普林的邮票收起来,打电话给卡洛琳。


现在我们在画廊二楼的小房间里。我们一字不差地遵照那个来电者的指示,此刻站到了一幅看起来十分眼熟的画作前。

画旁的墙上有一块长方形的青铜小牌子,标明了下列资料:

彼埃·蒙德里安,1872—1944。《色彩构图》,1942。油画,86×94cm。J.麦克伦登·巴洛夫妇捐赠。

我把尺寸记在我的随身小笔记本里。如果你还坚守传统,没学会用公制单位思考的话,这数字换算成美制单位大约等于三十五乘三十九英寸,高度比宽度长。背景是白色,不知是被时间还是画家本人加进了一点灰色调处理。

黑色线条在画布上纵横交错，把画面分隔成正方形和长方形，其中好几块涂上了原色，两块红，两块蓝，还有长长窄窄的一条黄。

我跨近一步，卡洛琳一把抓住我的手臂。"别把它调正，"她劝阻我，"这样挂就很好。"

"我只是想看仔细一点而已。"

"嗯，门口有个警卫，"她说，"他也在很仔细地看着我们。这里到处都是警卫。这事太疯狂了，伯尼。"

"我们只是在看画而已。"

"而且我们就只是看看，因为这根本是不可能的。从这里弄一幅画出去，跟弄一个小孩进来一样不可能。"

"放松。"我说，"我们只是看看而已。"

我们置身的这幢建筑和我们面前的这幅画一样，曾经都是私人财产。多年前，它是矿业及运输业巨子雅各布·休利特在曼哈顿的住所，他在二十世纪初靠着压榨贫民飞黄腾达。他把他在麦迪逊大道和三十八街转角默里山的住宅捐赠给纽约市，条件是必须用作艺术博物馆，由休利特专为此所创设的基金会来监督管理。虽然他本人的收藏品占了馆藏的一大部分，但历年来也陆续购进或卖出一些画作。同时，由于该基金会享有免税待遇，因此偶尔也有人捐赠或遗赠画作，就像这幅由巴洛夫妇所赠的蒙德里安油画。

"进来的时候我注意过开放时间。"卡洛琳说，"工作日和星期六从九点半开到五点半。星期天从中午开到五点。"

"星期一不开放?"

"星期一整天不开放,星期二则一直开到九点。"

"大部分博物馆的开放时间差不多都是这样。星期一来的时候我总是能知道,因为我会心血来潮到博物馆的时候,他们总是不开门。"

"嗯。如果我们打算闯进来的话,我们可以在闭馆之后或者星期一动手。"

"这两者都不可能。他们的警卫是二十四小时执勤,而且防盗系统精彩得很,不是弄两根电线、哄哄它就可以的。"

"那我们该怎么办?把画从墙上抓下来就跑?"

"行不通。还没跑到一楼,就会被逮住了。"

"那我们还有什么可做的?"

"祈祷和斋戒。"

"好极了。这家伙是谁?上面写的是什么,凡·杜斯堡[①]?他和蒙德里安肯定一起上过两所不同的学校。"

我们踱到左边,站在一幅西奥·凡·杜斯堡的画作前。他的作品和蒙德里安的一样全都是直角和原色,但你不会把这两个画家搞混的。凡·杜斯堡的这幅画缺少了蒙德

---

① 凡·杜斯堡(Theo van Doesburg, 1883—1931),荷兰艺术家,是风格派的另一位核心人物。

里安那幅画的空间感和平衡感。真奇怪，我想，一个人可以经年累月不曾见过任何一幅蒙德里安的画，然后又接连两天都亲眼观赏到一幅。在我看来更不寻常的是，休利特这幅蒙德里安和我在戈登·翁德东克家壁炉上方看见的那幅非常相似。如果我没记错，这两幅画的大小比例都差不多，一定是差不多同一个时期的作品。我相信这两幅画如果挂在一起来看一定很不相同，但这种同时观赏的机会似乎很渺茫，而如果有人告诉我这是翁德东克的那幅画被弄到了休利特的展览室里来，我也无法斩钉截铁地说他讲得不对。当然，翁德东克那幅画有裱框，这幅则没有，以便显示画家如何在画布边缘继续他的几何设计。翁德东克那幅画的色块也许多了一倍，可能比较长或比较短、比较宽或比较窄。但——

但感觉上这仍然是个古怪的巧合。当然，巧合不见得一定有什么意义。之前我到贵宾狗工厂去接卡洛琳，我们一起坐出租车到休利特的宅邸，当时我并没有费神去看营业执照上司机的名字，但假设我看了，而那人又姓特恩奎斯特呢？那么，当职员说出那位衣着不体面的艺术家的名字时，我们也许会说真巧，在半小时内遇到两个姓特恩奎斯特的人。但这又能说明什么呢？

不过——

我们在室内绕行，不时在某幅画前停下脚步，包括好几幅我毫不感兴趣的和一幅我非常喜欢的康定斯基①。这里有一幅阿尔普，翁德东克也有一幅阿尔普，但既然没有人叫我们偷一幅阿尔普的画，这一点也就没什么特别巧合的，或者说这个巧合也没什么奇怪的，或者说——

"伯尼？我是不是应该把我的猫忘掉？"

"你要怎么做到这一点？"

"不知道。如果我们不偷那幅画，你认为他们真的会对阿齐怎么样吗？"

"他们为什么要对它怎么样？"

"证明他们不是在开玩笑啊。绑架者不都是这样的吗？"

"我不知道绑架者是怎么样的。我认为他们撕票是为了不被指认出来，可一只缅甸猫怎么指认他们？但——"

"但谁知道那些疯子会怎么做？问题是，他们要我们去做不可能的事。"

"不一定完全不可能。"我说，"博物馆里总是有画会神不知鬼不觉地失踪。在意大利，博物馆窃贼的作业可以说是完全企业化了，就连在这里也每两个月就会在报上读到类似的案件。自然历史博物馆似乎隔一阵子就会遭到袭击。"

"那你是认为我们能弄到手？"

---

①康定斯基（Wassily Kandinsky，1866—1944），俄裔法国画家，抽象派创始人之一。

"我没这么说。"

"那——"

"真美,对不对?"

说话声让我转过身来,看见我们那位艺术家朋友,廉价二手店的外套上别着他那一毛钱的别针,龇牙咧嘴地笑着,露出了一口黄板牙。我们正再一次站在《色彩构图》前,特恩奎斯特看着画,眼神发亮。"老彼埃是不会被比下去的。"他说,"这王八蛋真能画。真有他的,嗯?"

"真有他的。"我表示赞同。

"这里的东西大部分都是废物。破烂、渣滓,一言以蔽之,恕我直言,就是狗屁。很抱歉我说了粗话,小姐。"

"没关系。"卡洛琳要他放心。

"博物馆是艺术史的字纸篓。听起来像是谁的名言,对不对?其实是我自己编的。"

"听起来挺像回事的。"

"字纸篓就是垃圾桶的意思,英国人都这么说。但这些东西连垃圾都不如。都是大便,我的一些好朋友会这样说。"

"呃。"

"这个世纪的好画家数得出来。蒙德里安当然是一个。毕加索,大概百分之五的时候是,在他不到处乱搞的时候。但百分之五的毕加索已经很不少了,对吧?"

"呃。"

"还有谁？波洛克、弗兰克·罗斯、特罗斯曼、克利夫德·斯蒂尔、达拉·帕克、罗斯科——在他走火入魔到忘记用颜色之前。还有其他人，其他几个人。但这里大部分的东西——"

"呃。"我说。

"我知道你想说什么。这个满嘴屁话的老头是谁？他连外套和长裤都配不好，还敢大放厥词，说什么是艺术什么是垃圾。你们就是这么想的，对吧？"

"我不会这么说。"

"你当然不会这么说，你或者这位年轻小姐都不会。她是位淑女，你是个绅士，所以你们不会说这种话。我呢，我是个艺术家。艺术家什么都可以说。这就是艺术家比绅士占上风的地方。我知道你们在想什么。"

"唔。"

"你们这么想也没错。我是个无名小卒，什么也不是，只是个谁也没听过的画家。无论如何，我看见你们在看一位真正画家的作品，也看见你们一直来回看这幅画，所以我马上就知道你们能分辨出鸡肉沙拉和鸡屎之间有什么不同，抱歉我又说粗话了，小姐。"

"没关系。"卡洛琳说。

"可是看到别人认真地研究大多数的废物，真是让我火冒三丈。你知道有时候会在报纸上读到有人拿把刀或者用一瓶酸液破坏某幅名画吧？这时候你八成会和所有的人一样，对自己说：'怎么会有人做这种事？他一定是个疯子。'做这种事的人永远都是艺术家，报纸上则说他'自称'是艺术家。意思就是他说他是个艺术家，不过你知我知，那可怜的家伙脑袋里装的是狗屎。再一次，亲爱的小姐——"

"没关系的。"

"我再说一句，"他说，"然后就不再烦你这两位好人了。当糟糕的艺术品放在国家殿堂里展示的时候，毁掉它不代表发疯，而代表神志清醒。我还要多说一句。毁掉糟糕的艺术，这件事本身就是一种艺术。巴枯宁①说过，破坏的冲动是一种创造性的冲动。割烂这里的一些画——"他深吸一口气，然后长叹一声，"但是我只会动口，不会动手破坏。我是个艺术家，画我的画，过我的生活。我看见你们对我最喜欢的画感兴趣，就滔滔不绝地讲了这么多。可以原谅我吗？"

"没有什么需要原谅的。"卡洛琳告诉他。

"你们是好心人，宽宏大量。要是我说的话有值得你们想一想的地方，那你们的这一天和我的这一天就算都没白过了。"

---

① 巴枯宁（Mikhail Aleksandrovich Bakunin, 1814—1876），俄国革命家，国际无政府主义运动家和理论家。

# 6

"这就是答案。"卡洛琳说,"我们把画毁掉。这样他们就不能指望我们把画偷出来了。"

"然后他们就会毁掉你的猫。"

"不许这么说。我们可以走了吗?"

"好主意。"

室外,一个穿着皮裤的年轻男子和一个穿着牛仔裤的年轻女子四仰八叉地倒在休利特家的台阶上,轮流抽着一根草药香烟。台阶上方两个穿着制服的警卫不予理会,大概是因为他们已经超过十六岁了。卡洛琳经过那两人身边的时候皱起鼻子。

"有病。"她说,"他们为什么不能像文明人一样喝醉了拉倒?"

"你可以试着去说说看。"

"他们会说:'我喜欢啊,老兄,哇!'他们就会说这些。我们上哪儿去?"

"你家。"

"好。有什么特别原因吗?"

"有人从上了锁的公寓里带走了一只猫,"我说,"我想搞清楚是怎么办到的。"

我们向西走,搭地铁到市中心,然后从谢里丹广场走到卡洛琳位于阿伯巷的住处,这是一条格林尼治村常见的那种歪歪扭扭的街道,朝某一个角度斜过去,连接着此处和彼处。大部分的人都找不到这里,但话说回来,大部分的人根本就不会需要找这个地方。我们走在懒洋洋的、多云的九月午后,这天气让我想冲到住宅区去,然后穿上我的慢跑鞋。我告诉卡洛琳,这种天气最适合跑步了,她说跑步这种事什么时候都不适合做。

到她住的那幢楼之后,我从外面检查了大门的锁。看起来不太具有挑战性。无论如何,进入无人看守的建筑大门不是什么了不起的技术。你只要按其他住户的门铃,直到有人不负责任地开门放你进去,或者在外面晃荡,算好接近的时间,正好在别人要进出的时候走到大门口。如果你表现出恰当的自信和随意的态度,很少会有住户质疑你。

然而这些我都不用做,因为卡洛琳有钥匙。她打开门,我们沿着走廊走到她的公寓——在一楼的后部。我跪下来研究钥匙孔。

"要是你看到有只眼睛在瞪着你,"卡洛琳说,"我可不想知道。你在找什么?"

"找被人拨弄过的痕迹。我看不出任何新的刮痕。你有火柴吗?"

"我不抽烟。你也不抽,记得吗?"

"我需要光线好一点。我那支笔形手电筒在家里。算了,无所谓。"我站了起来,"把你的钥匙给我。"

我打开所有的锁,进门之后我一一检查,尤其是那个狐狸锁。我做这件事的时候,卡洛琳在屋里走来走去呼唤着尤比。她越叫声音越慌张,直到电动开罐器呼呼的声音把猫引了出来。"哦,尤比。"她说着一把抱起它,连人带猫倒进椅子里,"小可怜,你想念伙伴,对不对?"

我走到小窗边,把窗户打开。窗外装了好几根一英寸粗的铁条,下端稳稳插在砖墙里,上端接着水泥窗檐。只需要再来几根类似的铁条横着装,加上几块色块,这窗子就可能像幅蒙德里安的画一样。我抓住两根铁条前后拉扯,铁条纹丝不动。

卡洛琳问我到底在干什么。"别人有可能锯断这些铁条,"我说,"事后再把它们安回去。"我扯扯另外两根。跟这些铁条比起来,直布罗陀山简直是摇摇欲坠。"这些东西一动也不动。"我说,"这样是违法的,你知道。要是有人来做防火安全检查,他们会叫你把这些铁条拆掉。"

"我知道。"

"因为这是唯一的窗子，万一失火，你永远也逃不出去。"

"我知道。我还知道我住的公寓在一楼的外侧，邻近通风管道，要是我的窗子上不装这些铁条，小偷会多得川流不息。我可以在铁窗上装门，以便失火的时候可以打开逃生，但我知道需要的时候我肯定永远找不到钥匙，而且我相信小偷一定可以把它弄开。所以我想我就不必这么麻烦了。"

"我不怪你。没有人从这里闯进来过，除非他真是瘦得超出我们的想象。人可以钻过比我们想象中还要窄小的空间。我小时候可以爬过送牛奶的滑道，再想想，我现在可能还可以爬过去，因为我的身材跟那时候差不多。而且那在当时看起来也很不可能。那个滑道大概是十英寸宽、也许十四英寸高，但我成功了。如果你的头能过去，身体也就可以跟着过去。"

"真的？"

"问问产科医生就知道了。哦，我想这一点在真的很胖的人身上就行不通了。"

"或者是脑袋很小的人。"

"哦，是啊，没错。但总的来说这条原则很有用。不过没人从这扇窗子进来过，因为这些铁条的间距只有多少，三英寸？四英寸？"

"你不用把窗子关上,伯尼。屋里很闷。他们没从窗子进来,也没撬开锁,那还剩下什么?巫术?"

"我想大概不能排除这种可能性。"

"我家壁炉的烟囱是封起来的——万一你觉得是圣诞老人干的话。到底他们还有什么其他方法可以进来?从地下室,通过地板出来?穿过天花板下来?"

"看起来可能性不大。卡洛琳,你进门的时候屋里看起来怎么样?"

"跟平常一样。"

"他们没有翻动过抽屉什么的?"

"他们可以打开抽屉再关上,我也不会注意到。他们没有弄乱任何东西——如果你是这个意思的话。我甚至不知道有人来过,直到我发现猫不见了。就算到那时候我也还是不知道有人来过,直到我接到那个电话,才明白过来是有人偷了猫。它不是自己凭空消失的,伯尼。这有什么差别?"

"我不知道。"

"也许有人把钥匙从我的皮包里勾走了。也许是我在贵宾狗工厂的时候有人进来,弄到了我的钥匙串,拿去给锁匠做了一把备份,然后再把钥匙塞回我的包里。"

"而你一点都没发现?"

"有什么奇怪的?比如说他们来问帮狗梳洗要多少钱,趁机偷走了钥匙,然后再来跟我预约时间,顺便把钥匙放回去。这有可能，不是吗？"

"你把皮包放在人人都碰得到的地方？"

"通常不会，但谁知道呢？反正，这到底有什么差别？我们不只是在亡羊补牢，还在检查门锁、收集门闩上的指纹。"她皱皱眉头，"也许我们当初就应该这么做的。"

"收集指纹？就算真有，对我们又有什么用处？我们不是警察，卡洛琳。"

"你不能叫雷·基希曼帮忙查查指纹吗？"

"他不会出于好心这么做，而且除非手上已经有了嫌疑犯，否则是没办法真的仅仅靠一个指纹去查的。要查的话需要一组指纹，而不管闯进来的人是谁，八成都没有留下指纹，就算留下了，我们也收集不到一组。而且那些人还得以前就留下过指纹记录，才查得出来，而且——"

"算我没提过这事，行吗？"

"算你没提什么事？"

"不记得了。嗯，我们就——妈的。"她说着去接电话，"喂？嗯？等一下，我才刚——妈的，挂断了。"

"谁？"

"那个纳粹。说我应该去看信箱。我看了，记得吗？只收到一份账单，那已经是够糟糕的消息了。贵宾狗工厂的门缝里什么都没有，只有一份梳洗用具目录，还有一张防止虐待动物组织的传单。这里今天不会再送一次信了吧？"

"也许他们会把什么东西放进你的信箱,不通过邮寄的,卡洛琳。我知道这种行为触犯联邦法律,但是我想我们对付的这些人是不择手段的。"

她瞪了我一眼,然后到大厅去,回来的时候拿着一个小信封。信封被纵向折过,以便插进信箱上的小缝。她把对折处翻开。

"没有姓名。"她说,"没有邮票。"

"也没有回信地址,可真令人惊讶不是吗?你何不把它拆开呢?"

她举起信封对着光,眯起眼睛看。"空的。"她说。

"打开才能确定。"

"好吧,可是有什么意思呢?说到这一点,把空信封塞进别人的信箱里又是什么意思?这真的触犯联邦法律吗?"

"没错,不过要起诉他们可就难了。怎么了?"

"看!"

"几根头发。"我说着拿起一根,"这有什么——"

"哦,天哪,伯尼。你看不出这是什么吗?"她捏住我的胳膊肘,抬头紧盯着我,"这是我的猫的胡须啊。"她说。

"所以你是时尚先锋①,对不起,我说顺嘴了。这真的

---

①原文中"猫的胡须"用的是"the cat's whiskers",于是伯尼顺嘴接了一句"And you're the cat's pajamas",cat's pajamas 为"不同凡响的人物、领导时尚潮流"之意。

是吗?他们为什么要这么做?"

"让我们知道他们是认真的。"

"嗯,这下子我相信了。我之前就已经相信了,因为他们从锁着的房子里偷走了你的猫。剪断猫的胡须,他们一定是疯了。"

"这样他们就能证明它真的在他们手上。"

我耸耸肩。"我不知道。猫的胡须看起来都差不多。我想看过一根就等于看过全部了。天哪!"

"怎么了?"

"我们不能把那幅蒙德里安弄出休利特美术馆。"

"这我知道。"

"但我知道哪里有一幅我可以偷得到的蒙德里安。"

"哪里,现代艺术博物馆吗?那里有两幅。古根海姆博物馆①也有几幅,不是吗?"

"我知道有一幅是私人收藏。"

"休利特的那一幅本来也是私人收藏,现在是公共财产了,除非它不久之后就落入我们的手里——"

"别想那一幅了。我说的这幅也是私人收藏,因为我昨天晚上看到了它。"

她看着我。"我知道你昨晚出门去了。"

---

①古根海姆博物馆是所罗门·R.古根海姆(Solomon R.Guggenheim)基金会旗下所有博物馆的总称,它是世界上最著名的私人现代艺术博物馆之一,也是全球性的一家以连锁方式经营的艺术场馆。

"对。"

"但你没告诉我你做了什么。"

"唔,你大概也猜得到。但我之前做的事——把我弄进那幢建筑的事——是帮一个人的藏书估价。他姓翁德东克,人不坏,付我两百美元帮他算他的书值多少钱。"

"值很多吗?"

"跟他墙上挂的东西比起来就少多了。他有一幅蒙德里安,还有其他的画。"

"跟休利特里的那幅一样?"

"哎,谁知道?大小和形状差不多,我想颜色也一样,但也许在专家看来这两幅完全不一样。重点是,要是我能进去偷到他的蒙德里安——"

"他们会知道不是同一幅,因为休利特的那一幅还会挂在那里。"

"是,但他们会在乎这一点吗?要是我们能交给他们一幅蒙德里安的真迹,不管值多少,他们说的数字是二十五万——"

"真的值这么多?"

"不知道。这些日子艺术市场起起伏伏的,但我也只知道这么多。要是我们能给他们一幅蒙德里安来交换一只被偷的猫,你觉得他们会不愿意吗?除非他们是疯子才会拒绝。"

"我们已经知道他们是疯子了。"

"唔，这么做不但疯而且还笨，不过他们既然能偷走你的猫，就不可能太笨。"我抓起她的电话簿，查到翁德东克的号码，然后拨号，任电话响了十二声。没人接听。"他不在家。"我说，"现在就祈祷他出门的时间能长一些吧。"

"你要做什么，伯尼？"

"我要回家，"我说，"然后我要换衣服，口袋里装一些好用的小道具——"

"小偷的工具。"

"然后我要到查理曼大帝去，而且最好赶在四点以前到，否则就会有人认出我来，门卫或管理员或开电梯的。但也许他们认不出来。昨天晚上我穿的是西装，这次我会打扮得随意些，但即使如此我还是最好在四点以前到那里。"

"你打算怎么进去，伯尼？那地方不是铜墙铁壁、戒备森严吗？"

"哎，听着，"我说，"我可从来没说过事情会很容易。"

我赶回住宅区，换上一条斜纹棉布裤，一件很像鳄鱼牌的短袖T恤，不过胸口绣的图案是只飞鸟。我觉得它应该是只燕子，要么是在飞回巴西卡皮斯特拉诺的路上，要么形单影只成不了什么气候，因为这厂牌的名称是"燕尾"。这牌子始终没流行起来，我明白原因是什么。

我穿上一双旧的慢跑鞋，在口袋里装满小偷的工具——手提公文包不适合我此刻的扮相。我拿出一个写字板，在上面夹了一本黄色的笔记纸，然后放到一旁。

我又拨了一次翁德东克的号码，任电话响个不停。没人接。我查了另一个号码，那部电话也没人接。我试拨第三个号码，第四声响到一半的时候，一个女人接起电话。我问霍德佩普先生在不在，她说我打错电话了，不过这只是她的想法而已。

我在七十二街的一家花店买了一束四块九毛八的花——和以往一样，这让我注意到这么多年来花价没涨多少，现在已经很少有这么划算的东西了。

我要了一张空白的小卡片，在信封上写下：

莱奥娜·特里曼

唐纳德·布朗致上爱意

我本想署名霍华德·霍德佩普的，但我的理智有时会战胜此类念头。我付了钱，把卡片贴在包装纸上，然后走出店门叫了辆出租车。

我在麦迪逊大道离查理曼大帝很近的那个转角下车，因为送花的伙计是不会搭出租车的。我走向建筑物的正门,经过门卫,走到管理员那里。

"有束花要送。"我说着看看卡片,"上面写的是莱奥娜·特里曼。"

"我会交给她的。"他边说边伸手出来接花。我缩手把花束收回来。

"我得亲自送。"

"别担心,她会收到的。"

"万一有回复呢。"我说。

"他是想讨小费。"门卫插嘴说,"没别的。"

"向特里曼要小费?"管理员说着和门卫面带微笑互相看了一眼。"请便吧。"他对我说,然后拿起了对讲机的话筒。"特里曼小姐?有份东西送来给你,看起来像是花。送货的伙计会拿上去。是的,小姐。"他挂上话筒,摇摇头。"上去吧。"他说,"电梯在那里。她的公寓是9C。"

我在电梯里瞥了一眼手表。时机简直太完美了,三点三十分。门卫、管理员和电梯操作员都不是前一天晚上看过我进来的那一批,我手提箱里带着阿普林的邮票离开的时候他们也不在。而且半个小时之后他们就交班了,不会有心思想到那个送花的伙计为什么去特里曼小姐的公寓去了那么久。来接班的那批人不会知道我来送花,会认为我是有正当理由来找其他哪个住户的。反正出门的时候他们不大会来找你的碴,因为他们认为你一定是没问题,先前才能通过重重关卡进得了门。当然如果你试图把家具搬出去就另当别论了,不过通常来说进去比出来要困难。

电梯停在九楼,操作员指向那一户的门。我谢谢他,走过去站在门前,等待着电梯门关上的声音。电梯门没关。当然没关,他们会等到住户打开门。唔,反正她已经知道有人要送花来了,那我还在等什么呢?

我按下门铃。屋里叮咚一声,过了一会儿门开了。应门的女人有着一头极不自然的红褐色头发,脸上的皮不知道拉过几次了但还是松垮垮的。她身上穿着东方花纹的罩袍,看起来一副刚闻到什么失礼气味的表情。

"花。"她说,"你确定这是送给我的吗?"

"莱奥娜·特里曼小姐?"

"是的。"

"那么没错,就是送你的。"

我还在等着听到电梯门的声音,但逐渐意识到这是不会发生的。我为什么会听到关门的声音呢?他哪里也不会去,就等在这里,等到她拿了花、给了我小费,然后再迅速把我载下楼去。好极了。我找出了混进查理曼大帝的方法,但我还需要能留下来的方法。

"我想不出来有谁会送我花。"她说着接过我手中包好的花束,"除非可能是我姐姐的儿子路易斯,但他又为什么会突然送花给我呢?一定是弄错了。"

"上面附有一张卡片。"我说。

"哦,上面有张卡片。"她说着自己也发现了,"等一下。让我看看是不是弄错了什么。没错,这是我的名字,莱奥娜·特里曼。让我把它打开。"

这幢该死的建筑物里难道没有别人要用电梯了吗?难道没有什么东西可以打断这家伙的出神状态,让他浮到另外一层楼去吗?

"唐纳德·布朗致上爱意。"她念道,"唐纳德·布朗。唐纳德·布朗。唐纳德·布朗。这到底是谁呢?"

"呃。"

"嗯,这束花真是漂亮,不是吗?"她卖力地闻着,好像下定决心不只要闻花香,还要把花瓣都给吸进去。"好香。唐纳德·布朗。这名字听起来耳熟,但是——嗯,我想一定是弄错了,但我还是很高兴收下这束花。我得去拿个花瓶,把它们插进水里——"她话讲到一半突然停了,想起来我还站在那里。"还有什么事吗,年轻人?"

"嗯,我只是——"

"哦,我的天哪,我都把你给忘了,是不是?等一下,我去拿钱包。我只是得先把这些花放下,来,拿着,拿着,真是谢谢你,也代我谢谢唐纳德·布朗,不管他是谁。"

门关上了。

我转过身来,那该死的电梯还在那里等着带我回家。开电梯的人不算是在微笑,但脸上的确是一副觉得很有趣的表情。我坐电梯下楼,走过大厅。门卫看见我,咧嘴一笑。

"唔,"他说,"进展如何啊,伙计?"

"进展?"

"她给的小费多吗?"

"她给了我二十五美分。"

"嘿,高兴点,这对特里曼来说已经算不错了。她一整年都不花半个子儿,到了圣诞节才给大楼的工作人员每人五块钱小费。等于一星期一毛钱。你能相信吗?"

"当然。"我说,"能相信。"

# 7

莱奥娜·特里曼那二十五美分没在我口袋里待多久。我走过街角,经过一家叫作大查理的酒店,在麦迪逊大道上的一个午餐柜台买了杯咖啡,把那二十五美分留下来当作小费,希望那个女招待拿到的时候能和我拿到的时候一样高兴。出了那家店,我向住宅区的方向走去,最后来到一家花店。

四点多了。值班的人应该已经换了,除非有人加班。而且,比起让门卫和管理员相信我还要再亲自送一次货,大概还是从那批昨晚见过我的人员面前混过去更容易一点。

我走进店里,花七块九毛八买了一束花,基本上和在西端买的四块九毛八的那束一模一样。啊,算了。这家伙的房租肯定比较贵。无论如何,特里曼小姐可能会再赏我两毛五,可以抵掉我的一部分开销。

莱奥娜·特里曼,我再一次在信封外写着。至于卡片上写的则是:

你可愿意原谅我?

唐纳德·布朗

查理曼大帝的人员已经交班了。我认出了前一晚看到过的管理员和门卫,但就算他们觉得我看起来面熟,也没说什么。昨晚我是住户的客人,西装笔挺、打扮整齐,而今天我却是个穿着短袖的伙计。要是他们当中有人认出我,也大概会认为是以前见到过我送花。

这个管理员也说要代我转交花束,我也再一次坚持要亲自送到,这个门卫也偷笑着猜我是要讨小费。看到他们都这么胸有成竹真是不错。管理员透过对讲机通报,爱德华多带我上九楼,特里曼小姐等在她公寓的门前。

"啊,又是你。"她说,"我真是想不通,你确定这是送给我的吗?"

"卡片上说——"

"卡片,又是卡片。"她说着打开信封,"'你可愿意原谅我?唐纳德·布朗。'真是奇怪的表示。我想这意思比'致上爱意'更明确,但也更令人困惑。这个唐纳德·布朗是谁,我又要原谅他什么?"

电梯还没离开。

"店里交代我要问有没有回复。"我说。

"回复?回复?我要回复给谁呢?我觉得相当明显,这些花不是要送给我的,可怎么会错成这样呢?我不认识任何唐纳德·布朗,也不知道有另一个叫作莱奥娜·特里曼的人。除非这是我多年前认识的人,显然我已经不记得他的名字了。"她用涂着柿子色指甲油的手拆开了神秘的布朗先生送的花。"真漂亮。"她说,"比前一束还要漂亮,可是我不明白为什么要送给我。我真的一点也不明白。"

"我可以打电话回店里。"

"对不起,你说什么?"

"我可以打电话到花店问问。"我建议道,"我能不能借用你的电话?要是弄错,我就倒霉了,如果没弄错的话,或许他们可以告诉你一点关于送花人的事情。"

"哦。"她说。

"我还是打个电话比较好。"我说,"我不知道该不该打电话回去问清楚再把花留下来。"

"嗯,"她说,"嗯,好吧,也许你打个电话回去问问比较好。"

她让我进屋,把门关上。我试着听听电梯是否离开做其他用途去了,但当然我什么也听不到。我跟在莱奥娜·特里曼身后,走过铺着厚厚地毯的客厅,里面摆设了过多的家具,其中大部分是法国乡村式的。椅子和沙发大多都有卷束装饰,颜色充斥着粉红和白。看起来最舒服的那张椅子上有只猫,是雪白的波斯猫,胡须都完好无损。

"电话在那里。"她说着指向一堆古老的法式镶金白珐琅用具。我拿起话筒凑到耳边,拨了翁德东克的号码。通话中。

"通话中。"我说,"一天到晚都有人打电话去订花。你也知道的。"我啰唆这么多干吗?"我过一分钟再打。"

"哦。"

翁德东克的电话为什么会是通话中?他先前不在家。现在我好不容易进了他这幢楼,他为什么就不能别回来了呢?我现在不能走啊,天哪。以后我可再也没有机会进来了。

我拿起电话打给卡洛琳·凯瑟。她接起电话后我说:"凯瑟小姐,我是吉米。我在查里曼大帝的特里曼小姐家。"

"你打错了。"我那反应灵敏的心腹说,"等一下。你刚刚是不是说——伯尼?是你吗?"

"对,是我送的货。"我说,"和先前那次一样。她说她不认识任何叫唐纳德·布朗的人,也不认为花是送给她的。对。"

"你在别人家打电话。"

"就是这样子。"

"她对你起了疑心?"

"不是,问题是她不认识这个家伙。"

"这到底是怎么回事,伯尼?你是在拖延时间吗?"

"对。"

"你要我跟她说话吗?我会告诉她那个某某某付的是

现金,留下了她的姓名和住址。再跟我讲一次这些人的名字。"

"唐纳德·布朗。她叫莱奥娜·特里曼。"

"知道了。"

我把电话交给一直在旁边晃来晃去的特里曼小姐。她说:"喂?请问是哪位?"然后她说了些诸如"是的"和"我明白了"和"但是我不——"和"真是好神秘"之类的句子,最后把话筒交回我手上。

"总有一天,"卡洛琳说,"我会彻底弄清这一切到底是怎么回事。"

"那当然,凯瑟小姐。"

"你也一样,罗登巴尔先生。我希望你知道自己在做什么。"

"是的,小姐。"

我挂上电话。莱奥娜·特里曼说:"'爱丽丝说,真是越来越古怪了。'你这位唐纳德·布朗是个高个子的灰发绅士,穿着优雅,拿着根手杖,两次都是用二十美元的新钞付账。他没有留下地址。"她的表情变得柔和起来。"也许是我多年以前认识的某个人。"她静静地说,"也许当初他用的是另一个名字。也许我还会再得到他的消息。我一定会再得到他的消息的,你说呢?"

"呃,如果他这么费心——"

"就是说。他费了这么一番工夫,应该不会只是为了永远保持神秘。哦，天哪。"她说着摇散她那头红棕色的头发，"这么令人激动的事情，真不习惯。"

我慢慢朝门边移动。"嗯，"我说，"我看我该走了。"

"是的，嗯，你真是好心，打了那个电话。"我们一起走向门口。"哦，"她想起来了，"等一下，我去拿钱包，谢谢你这么费心。"

"哦，没关系。"我说，"你上一次已经给过我了。"

"对了。"她说，"我给过你了是不是？我都忘了。好在你提醒了我。"

要是电梯还在的话，我想，那就算了吧。但电梯不在了。楼层灯号显示电梯在三楼，就在我看的时间里移到了四楼。也许爱德华多已经忘记我了。但话说回来，他也可能正在回来的路上。

我打开逃生门，进到楼梯间。

现在呢？翁德东克的电话正在通话中。我那通电话是凭着记忆拨的，有可能拨错了号码，或者电话占线可能是因为有人刚好在我拨号前几秒钟拨了同一个号码。或者可能是他在家。

如果有人在家，我不可能冒险闯进去。我也不能先敲敲门。我更不能永远都待在楼梯间，因为虽然管理员和电梯操作员和门卫有可能完全忘记了我的存在，但他们也有可能没忘。只要用对讲机交谈两句，就可以确认我已经离开了特里曼的公寓，这时候他们要么认为我已经在没人注意的时候走楼梯（甚至搭电梯）离开了，要么就是料到我还在这幢建筑里。

这样他们可能就会开始找我。

就算他们不找我，楼梯间也不是什么好的栖身之处。我必须要先用电话确认翁德东克的公寓里没人，然后才能进去。而且一旦我进去了，必须等到午夜才能带着那幅画离开。因为不管我做什么，现在值班的这批人一定都会记得我，哪有花店的送货伙计送花要一小时的？也许我可以混过去，只是要稍稍损伤一点特里曼小姐的名声，让他们认为我们在一起的那段时间是在风流逍遥，但是万一现在他们已经跟她通过话，知道我已经离开了——

我上了两层楼梯，用塑胶片撬开逃生门，张望了一下，走廊上没人，然后做了我唯一能想到的明智之举。我没有大费周章戴上手套，连先按门铃这种基本的预防措施都没做，当然也没浪费半点时间在那假防盗系统上，立刻就拿出我那串工具动手开门，进入了约翰·查尔斯·阿普林的公寓。

# 8

一时间我还以为自己犯下了可怕的错误。跟我前一次的造访相比,这座公寓在白天看起来亮多了。就算窗帘是拉上的,仍有些光线透进室内,让我以为是屋里开了灯且有人在家。我的心脏停止跳动、或加速跳动、或不规则地跳动,总之就是做出了它在这种状况下会做出的反应,然后心脏和我都平静下来。我戴上橡皮手套,锁上门,深吸一口气。

重回阿普林家感觉非常奇怪。那种非法进入的兴奋感再一次出现,但因为我已经来过这里,兴奋的程度也就降低了。你和某个女人做爱第二次、第三次,或者第一百次都可以得到同样多的乐趣——事实上,可以得到更多——但那种征服的胜利感只能有一次;锁的诱惑、跨越门槛这种事也是一样。更何况,我这次闯进来不是要偷东西,只是要找个容身之处而已。

而这一点就真的很奇怪了。不到二十四小时之前,我在这座公寓里处于高度的紧张状态,这种感觉直到离开之后才逐渐消退。而现在我却是为了安全感而再度闯进这里。

我走到电话机旁拿起话筒。但何必现在打电话给翁德东克?我要到午夜才会离开这幢建筑,那又何必在那之前闯进他家呢?当然,如果他不在家,我现在是可以去,一把抓下那幅蒙德里安,拿到楼下阿普林的公寓里来,然后等到午夜之后再安全离开。

但我不想这么做。最好按兵不动,午夜左右再打电话给翁德东克,如果他不在家,我可以动作迅速地进出,如果他在家的话,我可以说"抱歉,打错了",然后等上三或四或五个小时的时间,等他在床上呼呼大睡的时候再溜进去。我工作的时候尽量避免和人接触,因此更愿意在住户不在家的时候下手,但在他们已经在家的时候去拜访有个好处,就是不需要担心他们会在你完工之前回来。这次我的目标只有一样东西,而且不需要翻箱倒柜地找。那幅画就挂在客厅里,如果他在卧室睡觉的话,我根本不需要靠近他。

我还是拨了那个号码。铃声响了六下,我挂上电话。我可以让它多响几声,但既然我至少要七小时之后才会去,又何必麻烦呢?

我穿过客厅,伸出一根戴着橡皮手套的手指把窗帘拨开一条缝。这扇窗户朝向第五大道,从我站的地方可以看到中央公园,视野相当开阔。我也不需要担心被人看到,除非有个非常有耐性的人在半英里以外的中央公园西侧拿着一副双筒望远镜,而这种事发生的可能性不太大。我拉开窗帘,拽了把椅子过来坐下,眺望公园。我看到了动物园、蓄水池、户外音乐台,还有其他的明显目标。在环形车道、婚礼小道,还有沿着蓄水池的跑道上,我看到很多人在慢跑。看着他们,就像是从飞机上观察高速公路的车流一样。

我不能和他们一起在那里跑步真是太可惜了。这真是适合跑步的完美天气。

过了一会儿,我坐不住了,在公寓里走来走去。我在阿普林的书房里找了一本集邮册,从容地翻阅着。我看到不少上一次我真应该拿的东西,但现在我连想都没想过要把它们带走。先前我是窃贼,是搜寻猎物的掠食者。这次我是个客人,尽管是不请自来的客人,但仍不能辜负主人的好意。

不过,在没有必要将其占为己有的情况下,我的确从观赏他的邮票中得到了很大的乐趣。我靠在椅子上放松自己,幻想这是我的公寓、这些是我收藏的邮票,幻想这些锯齿边缘、五颜六色的长方形小纸片全是我搜集购买来的,幻想我曾经满怀喜悦地把它们一枚枚掂进塑胶衬袋、安放在集邮册里。通常我很难想象为什么会有人愿意耗费大量的时间和金钱把邮票贴进本子里,但现在我有点入戏了,甚至对自己搜刮这样一份心血的结晶产生了一些罪恶感。

告诉你，幸好我没把他的邮票带在身上。否则我说不定会想把它们放回去呢。


时间过得很慢。我不想打开电视或收音机，甚至也不太想走来走去，因为怕邻居会听到这间应该没有人的公寓里传出声音。我没有心情读书，而且戴着手套拿书让人无法集中精神融入书里的情节。我回到窗边的椅子上，看着夕阳落在公园西边的建筑物后面，然后这场娱乐就此结束。

九点左右，我饿了，到厨房里去找吃的。我拿了一个碗，倒进葡萄干坚果早餐谷物和一些不知是否坏掉的牛奶。牛奶倒进咖啡里可能会凝结，不过和早餐谷物加在一起还好。之后我洗了碗和汤匙，放回原位。我回到客厅，脱下鞋子，躺在地毯上闭起眼睛。我脑海里出现了一大片空白，正当我端详这片完美无瑕的洁白——是初雪，我想，或是一百万只羔羊的羊毛——如此这般地诗情画意起来时，有好几条黑色的缎带伸展开来，从上到下、从左到右穿越这一大片白色，形成好几个大小不一的长方格。然后其中一块白色开始渐渐变红，另一块则自然地从淡淡的天空色不断加深，直到变成鲜艳的钴蓝，右下方又有一块逐渐渗出红色，还有——

天哪，我的大脑在帮我画一幅蒙德里安啊！

我看着画面改变、重新组合，在同样的主题上作出变化。我不太确定到底什么才是或不是意识，但我一会儿有意识、一会儿没意识，然后突然间我抓住自己，甩掉了什么东西。我坐起来看看表。

十二点过七八分。

我花了几分钟检查，确定自己已把阿普林的公寓恢复原状。我睡着的时候还戴着橡胶手套，现在手指变得湿湿黏黏的。我脱下手套，擦干手指的内侧部分，把手洗干净、再擦干，然后重新戴上手套。我把这个放正、把那个弄干净，拉上窗帘，把椅子放回原位。我拿起话筒，查查电话簿以确定没有弄错，然后拨了翁德东克的号码，让它整整响了十二下。

我关掉我打开的唯一一盏灯，走出去，锁上门，擦拭门把、门把四周还有门铃。我迅速穿越逃生门，爬上四段楼梯到了十六楼，进入走廊，走到翁德东克家门前。我按下门铃，等了一会儿以防万一，飞快但万分虔诚地祈祷一番，然后解决掉一副有四个锁栓的西格尔门锁，花的时间不比我往早餐谷物里倒牛奶多出多少。

屋里一片漆黑。我溜进去，拉上门，缓缓地深呼吸，让眼睛习惯黑暗。我把那串撬锁工具放回口袋里，摸索着寻找我的笔形手电筒。我手上已经戴着手套了，因为之前快跑上楼的时候我没有浪费时间脱下手套。我试着在黑暗中辨清方向，扬起笔形手电筒指向应该是壁炉所在的地方，然后打开手电筒。

壁炉在那里。上方是一片空白，就像我躺在阿普林家地板上时脑子里出现的那片白一样，黑色的线条还没有悄悄进入纵横画面。但现在那些黑色线条哪儿去了？那些蓝色、红色、黄色的长方形呢？

那块画布哪儿去了？那个铝框呢？为什么翁德东克的壁炉上方除了一片白墙之外什么也没有？

我关掉手电筒，再度置身于黑暗之中。那股熟悉的、偷窃所带来的刺激感之中现在增添了慌张的成分。天哪，我进错公寓了吗？我的上帝啊，我难道多爬或少爬了一层楼梯吗？莱奥娜·特里曼住九楼，我上了两层到十一楼阿普林家去做客。从十一楼到十六楼是四段楼梯，但我是不是一边爬一边把那层不存在的十三楼也算进去了？

我打开手电筒。有可能 B 座的所有公寓基本布置都一样，每一间在那个位置都有壁炉。但其他的公寓壁炉两旁也都会有书架吗？而且这些书架似曾相识，我甚至认出了其中一些书。有皮面精装的笛福，有斯蒂芬·文森特·贝内[①]的文选和诗选，一共两册，装在盒子里。还有，那片白墙上模糊可见一块颜色较淡的长方形，看起来简直像是

---

①斯蒂芬·文森特·贝内(Stephen Vincent Benét 1898—1943)，美国诗人及短篇小说作家。

艾德·莱因哈特[①]黑色画作的底片，就是原先挂蒙德里安那幅画的位置。时间和纽约的空气让四周墙面的颜色变得较深，留下了一幅画的幻影，让我动了偷走它的念头。

我把手电筒指向地面，走进客厅。那幅应该在那里的画不见了踪影，事情有些不大对劲。我再往里面走几步，用手电筒照着四处查看。所见之处，其他的东西都还在。阿尔普的那幅画仍然挂在我第一次来时看见的那个位置。其他的画也都在我记得的地方。我转过身，手电筒的光也跟着转过来，照见一个锡克拉底斯群岛风格的青铜头像，它立在一个黑色树脂的底座上。我记得先前见过这个头像，虽然当时并没有太注意。我继续用手电筒缓缓画着圆四处照射，似乎听到或感觉到有人吸了一口气，然后手电筒的光线刚好落在一个女人的脸上。

不是画，也不是雕像。是一个女人，就在我和门之间，一只小手放在腰际，另一只举在肩膀高度，掌心向外，仿佛是要挡开什么造成威胁的东西。

"哦，我的天，"她说，"你是小偷，你会强暴我，你会杀了我。哦，我的天。"


让这变成一场梦吧，我祈祷着，但这不是梦，我知

---

[①]艾德·莱因哈特（Ad Reinhardt, 1913—1967），美国抽象派画家。

道。我被逮了个正着，口袋里满是小偷的工具，出现在没有权利出没的地方，而且要是去搜查我的公寓，会发现我偷来的邮票多得可以开邮局了。她挡在我和门之间，就算我到得了门边出得去，她也能早在我到达大厅之前就打电话给楼下的人，而且现在她的嘴巴微张，随时就要开口尖叫了。

这一切都是为了一只要命的猫，一只有个聪明名字的霸道的猫。防止虐待动物协会每天都在给过剩的猫做安乐死，而我现在却为了筹一只猫的赎金眼看就要锒铛入狱了。我站在那里，用手电筒直直照着她的眼睛，仿佛这能把她催眠，就像被车前灯照到的鹿一样。她满脸惊吓，这份强烈的惊吓感迟早会减退，让她能开口尖叫，我想到这一点，也想到了石墙。

根据理查德·洛夫莱斯爵士①的说法，石墙并不足以造成监狱，但我要告诉你这是胡说八道。石墙当然能造成监狱，而且铁条可以做出很有用的牢笼，我在那里面待过，一点也不想再回到那里。

只要让我逃过这一关，我就会——

就会怎样？我八成会故技重施，我想，因为我显然不知悔改。但只要让我逃过这一关，我们再说嘛。

"求求你，"她说，"求你不要伤害我。"

---

①理查德·洛夫莱斯爵士（Sir Richard Lovelace, 1618—1657），英国诗人，狂热的保皇分子，曾遭监禁。

"我不会伤害你的。"

"别杀我。"

"没有人要杀你。"

她很苗条,约五英尺六英寸高,鹅蛋脸,那双眼睛要是长在猎犬脸上可以赢得最佳血统奖。深色头发长及肩膀,从两旁向上梳起绑成马尾,露出额上清晰的美人尖。她穿着色泽斑驳的牛仔裤,黄绿色的套头衫上有只正牌的鳄鱼,脚上的棕色鹿皮拖鞋像是霍比特人①穿的。

"你会伤害我的。"

"我从来没伤害过任何人。"我告诉她,"我连蟑螂都不杀。哦,我会到处放硼酸,我猜从道德角度来说,这等于是亲手杀死它们,但至少我从来不会狠狠打扁它们。而且这并不只是因为打死蟑螂会留下污渍。要知道,我基本上是个不使用暴力的人,而且——"

而且我干吗这么啰唆?因为紧张,我想,还有就是假设她会有礼貌地不在我讲话的时候尖叫。

"哦,天哪,"她说,"我非常害怕。"

"我不是有意要吓你的。"

"看看我,我在发抖。"

"别害怕。"

"我没办法不害怕。我吓得要死。"

---

① 英国作家托尔金笔下的生性善良平和的穴居矮人。

"我也是。"

"真的?"

"当然。"

"可你是小偷啊,"她说着皱起眉头,"不是吗?"

"唔——"

"你当然是小偷。你戴着手套。"

"我刚才正在洗碗。"

她笑了起来,笑声却有些歇斯底里。她说:"哦,天哪,我为什么在笑呢?我现在有危险啊。"

"不,你没有危险。"

"有,有危险。这种事常常发生,一个女人撞见小偷,然后就被先奸后杀。被用刀戳死。"

"我身上连一把削铅笔的小刀都没有。"

"那就是勒死。"

"我的手没有力气。"

"你在说笑吧?"

"你这么说真是好心。"

"你,你看起来人不错。"

"一点也没错。"我说,"你说对了。我就是这种人,普通的典型的好人。"

"但看着我。我是说别看着我。我是说——我不知道我要说什么。"

"放松,会没事的。"

"我相信你。"

"那当然。"

"但我还是很害怕。"

"我知道。"

"而且我没办法不怕。我抖个不停。我觉得好像快把自己抖成碎片了。"

"你不会有事的。"

"你可不可以——"

"什么?"

"这真是疯狂。"

"没关系。"

"不,我是说你会认为我疯了。我是说,我害怕的是你,但是——"

"尽管说。"

"你可不可以抱住我?拜托?"

"抱住你?"

"在你怀里。"

"唔,呃,如果你认为这样做会有帮助的话——"

"我只是想要有人抱着我。"

"唔,当然好。"

我抱住她,她把脸埋进我的胸口。我们两人的衣服紧紧贴在一起。透过两层布料,我感到她温暖丰满的乳房。我就那样站在黑暗中——我把笔形手电筒放回口袋里去了——紧抱着她，一只手抚摸着她光滑的头发，另一只手轻拍她的背和肩，用一种应该是用来安抚人的声调说着"好了，好了"。

她身上那种可怕的紧绷感消失了。我继续抱着她，对她低语，呼吸着她的气息，感受她的温暖，然后——

"哦。"她说。

她抬起头，我们四目相交。有足够的光线让我直直看进她的眼里，那双眼睛深得可以淹死人。我抱着她，看着她，然后某种感觉出现了。

"这真是——"

"我知道。"

"疯狂。"

"我知道。"

我放开她。她脱下上衣。我脱下上衣。她回到我怀里。我还戴着那双笨手套，现在扯了下来，感觉她在我的手指下、靠在我的胸前。

"天哪！"她说。

# 9

"天哪。"几分钟之后她又说了一次。我们的衣服在地上堆成一团,我们俩也在地上,堆成另外一团。如果可以选择,我想我更愿意要一张有着弹簧床垫和名牌床单的大床,但我们在这块奥布松地毯上也表现得相当精彩。从那幅蒙德里安神秘失踪开始,就出现了一种宛如置身梦中的不真实感,而且这种感觉越来越强烈,但我得告诉你,我已经开始喜欢这种感觉了。

我恋恋不舍地伸手抚过一个美妙至极的曲线部位,然后站起来在朦胧中四处摸索,找到并打开了一盏桌灯。她本能地遮掩自己,一只手放在双腿之间,另一只手横在胸前,然后突然醒悟,笑了起来。

她说:"你看吧?我就知道你会强暴我的。"

"好一场强暴啊。"

"真得感谢你脱掉了手套。否则我会觉得好像来这里碰上做妇科抹片检查一样。"

"说起来，你是为什么？"

"什么为什么？"

"来这里。"

她把头侧向一边。"这问题不是该我问你的吗？"

"你已经知道我为什么来这里了。"我说，"我是个小偷。我来这里偷东西。你呢？"

"我住在这里。"

"不对。翁德东克自从太太去世之后就一直单身。"

"他是单身，"她说，"但他可不是单独。"

"我懂了。你和他是——"

"你很震惊吗？我刚刚才和你在客厅的地毯上做过，所以你应该知道我不是处女。戈登和我为什么不能是情人呢？"

"他在哪里？"

"出门去了。"

"所以你在这里等他回来。"

"没错。"

"你刚才为什么不接电话？"

"那是你打的？我没接是因为我从来不接戈登的电话。毕竟我并不是正式住在这里，只是偶尔在这里过夜。"

"那你也从来不应门？"

"戈登总是用钥匙开门。"

"所以这一次当他用钥匙开门的时候，你就关了灯贴墙站着。"

"我没有关灯。灯本来就是关着的。"

"你只是在这里坐在黑暗中。"

"事实上,我是躺在沙发上。我在看书,然后睡着了。"

"你在黑暗中看书,然后睡着了?"

"我觉得昏昏欲睡,所以把灯关上,然后我才在黑暗中睡着了。而且因为我半睡半醒,所以你按门铃然后开门的时候我的反应很慢,也许不合逻辑。满意了吗?"

"太满意了。书呢?"

"书?"

"你之前在看的那本书。"

"也许它掉到地上或者沙发底下去了。也有可能是我关灯的时候把它放回书架上了。这很重要吗?"

"没什么重要的。"

"我的意思是,你是小偷对不对?你又不是检察官先生,问我某月某日几点钟在什么地方。问问题的应该是我。你怎么混过楼下门卫的?这就是个好问题。"

"这问题棒极了。"我同意,"我开直升机降落在屋顶上,然后用绳索吊着向下爬,从阳台上的门进入顶层的一间公寓里。然后我下了几层楼梯,就到了这里。"

"你在顶楼偷了什么东西吗?"

"他们什么也没有。你知道吗?我猜他们是很穷的有壳蜗牛，把所有的钱都花在公寓上了。"

"我想这种事常有。"

"多得很。你又是怎么混过楼下门卫的？"

"我？"

"嗯，你又不正式住在这里。翁德东克不在家，他们怎么会让你进来？"

"我来的时候他在家。然后他出门了。"

"把你留在这里的黑暗中。"

"我跟你说过了，我——"

"对。你有点困，就把灯关了。"

"你从来没遇到过这种事吗？"

"我从来不会昏昏欲睡。新泽西的首府是哪里？"

"新泽西？新泽西的首府？"

"对。"

"这是什么脑筋急转弯的问题吗？新泽西的首府。是特伦特，不是吗？"

"没错。"

"这和什么事情有关吗？"

"和什么事都没有关系。"我承认，"我只是想看看你说实话的时候表情会不会不一样。你上一句诚实的话是'天哪'。你听到我在开门就关了灯，企图融进墙壁里。你看到我的时候吓得要命，但如果你看到的是翁德东克的话，早就活活吓死了。你何不干脆告诉我你来这里要偷什么，找到了没有？也许我可以帮你找。"

她就那样看了我一会儿，脸上出现一连串不同的有趣表情。然后她叹了一口气，开始翻找着那堆衣服。

"我最好穿上衣服。"她说。

"如果你觉得有必要的话。"

"他很快就会回来了，或至少是可能如此。有时候他会在外面过夜，但他会在两点左右回来。现在几点？"

"快一点了。"

我们各自找出了自己的衣服，开始往身上套。她说："我什么都没偷。如果你不相信，尽管搜我的身。"

"好主意。脱吧。"

"可是我才刚刚——有一秒我还以为你是说真的。"

"只是个小笑话。"

"嗯，你可是骗过我了。"她想了一下，"也许我应该告诉你我为什么在这里。"

"也许。"

"我结婚了。"

"嫁的不是翁德东克。"

"天哪，不是，但戈登和我——这么说吧，我行事有欠慎重。"

"就在这块地毯上？"

"不是，这是我第一次这么做。你是我碰到的第一个小偷，也是第一次在地毯上做这种事。"她突然咧嘴一笑，

"我总是幻想被陌生人热情而突然地占有。不是强暴,而是,哦,忘情。欲火焚身。"

"我希望我没毁了你的幻想。"

"正好相反,亲爱的。你把幻想变成现实了。"

"我们继续说翁德东克吧?你说你行事有欠慎重。"

"恐怕是非常不慎重。我写了一些信给他。"

"情书?"

"该说是色情信吧。'我希望把你的这个放在我的那个里。我要动词你的名词直到你动词'。那一类的东西。"

"我敢说你写的信一定很棒。"

"戈登是这么认为的。我们不再见面之后——我们好几个星期之前就分手了——我要他把信还给我。"

"他拒绝了?"

"'信是写给我的,'他说,'就是我的东西。'他不肯还给我。"

"而且他用这些信来勒索你?"

她睁大了眼睛。"他为什么要这么做?戈登很有钱,而我名下什么财产也没有。"

"他可以用来勒索别的东西。"

"哦,你是说性?我想是可以吧,但他并没有这么做。我们是双方同意分手的。不,他只是想留下那些信,保持这段恋情的记忆鲜活。他有次说过要把信留到他老了以后再看,等到他能做的事情只剩下阅读的时候。"

"我想这超越了路易斯·奥金克洛斯①。"

"你说什么?"

"没什么。所以他留下了你的信。"

"还有照片。"

"照片?"

"他拍过一两次照片。"

"拍你?"

"有些是拍我,有些是拍我们两个。他有一部拍立得,接了一条快门线。"

"所以他可以拍到一些你在动词他的名词时候的精彩照片。"

"他是可以,而且也真的拍了。"

我直起身子。"嗯,我们还有几分钟时间,"我说,"而且我对于搜寻兼销毁的活儿相当拿手。如果那些信和照片在这间公寓里,我敢说我一定可以找到。"

"我已经找到了。"

"哦?"

"放在他的五斗柜里,我差不多一来就找到了。"

"现在呢?"

"烧掉了。"

"尘归尘,土归土。"

---

①路易斯·奥金克洛斯(Louis Auchincloss, 1917—2010),美国律师兼作家、历史学家。

"你遣词造句真有一套。"

"谢谢。任务完成了,嗯?你找到了那些信和照片,把它们扔了、烧了或粉碎了之类的,要看查理曼大帝这里是怎么处理垃圾了,然后你就离开?"

"没错。"

"那我进来的时候你怎么还在这里?"

"我正准备走,"她说,"我走到门边,你按门铃的时候,我的手都已经放在门把上了。"

"说不定会是翁德东克。"

"我以为是。不是在我听到门铃声的时候,因为他何必按自己家的门铃呢?除非他知道我在他公寓里。"

"你是怎么进来的?"

"他的门锁从来不上栓。我用一张信用卡打开的。"

"你会这一招?"

"这不是每个人都会的吗?只要看看电视就可以看到有人这么做。很有教育性。"

"一定是的。我试的时候,门锁得牢牢的,我得撬动那些锁栓才进得来。"

"我从门里面把它扣上了。"

"为什么?"

"不知道。我猜是本能吧。既然锁了门,我真应该把门链也挂上才对。那样你就会知道屋里有人,也就不会进来了,对不对?"

"大概吧,而你也就不会有机会让幻想成真了。"

"这倒是。"

"但假设进来的不是我而是翁德东克,你会在地毯上动词他还是把他拽进卧室里?"

她叹了口气。"我不知道。我大概会告诉他我做了什么。我想他可能会一笑置之。我说了,我们分手分得很友善。但他是个大个子,脾气又急躁,所以我才缩在墙边,希望能有什么方法溜出去而不被发现。我知道那是不可能的,可是也不知道该怎么办。"

"那幅画怎么了?"

她对着我眨眨眼。"啊?"

"那里。壁炉上方。"

她看过去。"那里原本挂了一幅画,是不是?当然是的。可以看得见痕迹。"

"是一幅蒙德里安。"

"当然了,我在想什么啊。他那幅蒙德里安。哦。你是来偷他那幅蒙德里安的!"

"我只是想看看而已。所有的博物馆都差不多六点就关门了,而我又突然有股冲动想沉浸在伟大艺术的光辉之中。"

"我还以为你是随便挑上这间公寓的呢。原来你是为了那幅蒙德里安来的。"

"我没这么说。"

"你用不着说。你知道,他说过几句关于那幅画的事情。那是好一阵子之前了,不知道我还记不记得他说了什么。"

"慢慢来。"

"是不是有哪个展览要展出蒙德里安的作品?要不是蒙德里安,就是风格派①的抽象画,他们向戈登借了他那幅蒙德里安。"

"所以他们今天下午来拿走了?"

"哦,它是那个时候离开墙的吗?要是你知道今天下午有人把它拿走了,为什么晚上还来偷它?"

"我不知道画是什么时候拿走的。我只知道它昨天还在这里。"

"你怎么知道?算了,我看你不会想告诉我。我的记忆可能不太准确——当时我没怎么留心——但我想戈登是要把那幅画拿去重新裱框送去参展。那幅画和这里的画一样用的都是铝框,他想另外装一种既可以把画布围住、又不会遮住边缘的框。蒙德里安是那种把画面图案一直延续到画布边缘的画家,戈登要把它展示出来,因为那在技术上也是画作的一部分,但他又不想把完全没裱框的画布拿

---

① 一九一七年在荷兰出现的几何抽象主义画派,以《风格》杂志为中心。创始人为凡·杜斯堡,主要领袖为蒙德里安。蒙德里安喜欢用新造型主义这个名称,所以风格派又被称为新造型主义。风格派完全拒绝使用任何的具象元素,主张用纯粹几何形的抽象来表现纯粹的精神。认为抛开具体描绘,抛开细节,才能避免个别性和特殊性,获得人类共通的纯粹精神表现。

去参展。我不知道他打算怎么做,但是,嗯,如果画是因为这样而不在这里的话,我不会感到意外。几点了?"

"一点十分。"

"我得走了。不管他回不回来,我都得走了,你还打算偷点什么吗?别的画,或者其他你能找到的东西?"

"不了。为什么问这个?"

"只是想知道。你要先走吗?"

"不怎么想。"

"哦?"

"我天生富有骑士精神。不只是女士优先,要是我不能确定你已经安全离开的话,我会担心个没完没了。对了,你打算怎么出去?"

"我连信用卡都不需要用到。哦,你是说我要怎么离开这幢楼?就跟我进来的方法一样。我会坐电梯下楼,带着甜美的微笑,让门卫帮我叫辆出租车。"

"你住在哪里?"

"坐出租车可以到的地方。"

"我也是,不过我想我们应该分开搭出租车。你不想告诉我你住哪里。"

"不太想。不,我不认为把我的住址告诉小偷是个好主意。你说不定会带着我的家传银器溜之大吉。"

"自从银价跌了之后我就不这么做了。现在银器简直不值得偷了。要是我想再见到你呢?"

"就多开几扇门吧。谁也不知道在门里会找到什么。"

"可不是吗?可能是小姐,也可能是老虎。"

"也可能两者皆是。"

"嗯哼。顺便提一下,你的爪子很利。"

"你刚才好像并不介意嘛。"

"我不是在抗议,只是发表意见而已。我连你的名字都不知道。"

"就把我当成蛇蝎美女好了。"

"我倒没注意到有什么蛇蝎。我叫伯尼。"

她侧着头,考虑了一番。"小偷伯尼。我想,让你知道我的名字也没什么大碍,是吧?"

"何况你可以随便编一个。"

"你的名字就是编的吗?但我没办法。我从来不说谎。"

"我知道这是最好的策略。"

"我向来是这么听说的。我叫安德丽亚。"

"安德丽亚。你知道我想怎么做吗,安德丽亚?我想把你再次推倒在那张奥布松地毯上,对你为所欲为。"

"哇,听起来一点也不坏。要是我们有时间的话,但我们真的没有。至少我没有时间。我得离开这里。"

"要是有办法能让我联络上你,"我说,"那就好了。"

"问题是我结婚了。"

"但偶尔行事不慎重。"

"偶尔。但是不慎重得很谨慎,如果你懂我意思的话。要是你打算告诉我可以怎么跟你联络——"

"呃。"

"你明白吧?你是个小偷,你不想冒险,说不定我会突然良心发现或者发神经,跑去报警。我也不想冒这样的险。也许我们应该就这样,你我相逢在黑夜的海上之类的,那种罗曼蒂克的调调。这样我们两个都安全。"

"你说得也许对。但有朝一日,我们说不定会认为这种冒险是值得的,到时候我们又会在哪里呢?你知道舌尖或笔端最悲哀的字句是什么?"

"'曾经可能。'你讲话很机智,但约翰·格林里夫·更机智[①]。"

"天哪,你读诗,真是个聪明的家伙,动词起来又够蛮。我可不能就这样让你走得无影无踪,我知道了。"

"你知道什么了?"

"每个星期都去买《村声》[②],看看'村布告栏'那一版的人事广告。好吗?"

"好。你也照做。"

"一定做到。在这个世界上,一个小偷和一个红杏出

---

[①] 约翰·格林里夫·惠蒂埃(John Greenleaf Whittier, 1807—1892),美国贵格会诗人和废奴主义者。此处安德丽亚拿诗人的姓惠蒂埃(Whittier),与wittier(更机智)一词的谐音做双关语,故译为"更机智"。
[②] 《村声》(*Village Voice*),一本关于纽约的杂志,刊登新闻、音乐会和电影信息、评论、饭店消息等所有发生在纽约的事。

墙的女人能否找到快乐,我们只有等着瞧了,不是吗?你先去按电梯吧。"

"你不和我一起下去?"

"我要稍稍清理一下。而且我要多待一会儿,这样我们离开这幢楼的时间就会相隔几分钟。要是我惹上麻烦,你不会想牵连进去的。"

"你会惹上麻烦吗?"

"应该不会,因为我什么也不打算偷。"

"我问的就是这个,真的。我是说,我应该不会在乎你偷任何东西,包括我们在上面动词过的那张地毯,但我显然是在乎的。伯尼,抱抱我好吗?"

"你又害怕了?"

"没有。我只是喜欢你抱我的方式。"


我戴上手套,把门打开几英寸,一直等到看见她按电梯。然后我关上门、旋上锁栓,飞快地把公寓巡视一遍,确定那些房间里没什么我需要知道的事情。我没有打开抽屉或橱柜,只是匆匆进入每个房间打开灯,确定安德丽亚没有留下什么痕迹,然后就把灯关上了。没有抽屉被拉出来扣在地上,桌子也没翻倒,没有迹象显示这间公寓曾经有小偷或龙卷风或其他不受欢迎的东西光顾过。

床上或地板上也没有尸体。倒不是说这种事司空见惯,但有次我在一个叫作弗兰克斯福德的男人家里行窃被当场逮到,同时,这位弗兰克斯福德先生本人则死在另一个房间里①,在我将这信息加入我脑中的资料库之前,警方就先知道了。所以这一次我看看这里,看看那里,要是发现那幅蒙德里安正靠墙放着,或者用牛皮纸包好了等裱框的人来拿,那我可就乐坏了。

没有这种运气,我也没花太多时间去找。事实上,我这番侦察说起来比做起来费时间。我出门来到走廊上的时候电梯正在上升。

里面是不是满载着穿制服的兄弟们?我是不是和参孙、兰德尔伯爵、"大胆的骗子"那些前人一样,被女人的背叛给害惨了②?当然没有必要留下来查证。我飞快地穿过逃生门,等着电梯停在十六楼。

但是它没有停。我一边从没关紧的逃生门缝隙悄悄往外看,一边仔细聆听,电梯经过十六楼一路上升,停下来,等了等,然后再度经过十六楼往下降。我回到走廊上,挑动锁栓锁住翁德东克的门,记起安德丽亚说他从来不把门锁扣下去,就又拨弄了一次,让门按照安德丽亚说的习惯只上了弹簧锁。我为白费这么多心机和时间深深地叹口气,然后剥下那双笨橡胶手套放进口袋,接着按电梯。

---

① 见《别无选择的贼》。
② 参孙是被他的情妇出卖的;兰德尔伯爵是被他的妻子毒死的;"大胆的骗子"则是被他的女朋友所害。

电梯里没有警察。大厅和街上也没有警察。电梯操作员、管理员、门卫都没有找我麻烦。那个有名有姓的家伙要帮我叫出租车，我拒绝了，说我想走一走，然后我走了三个街区，再自己叫了一辆出租车。这样我就不用隔几条街再换搭另一辆车，可以直接坐回家。

回到家，我真想倒头就睡。但我有阿普林的邮票，真的很担心。本来我也许会冒个险把这事先放一放，但经过这十小时在查理曼大帝的一番搅和之后是绝对不可能了。我跟太多的人接触过，有太多的机会引起警方的注意。我在翁德东克的公寓里什么也没做，除了阿普林的邮票之外什么也没偷（还有那副耳环，不能忘了那副耳环），但要是有带着警徽和搜查证的人找上门来，我可不希望那些邮票就这么摊在这里。

我一夜没睡，一直在处理那些该死的邮票。我发誓，现金就绝对不会有这种问题，只要慢慢把它们花掉就行了。我把所有的邮票整理好、放进玻璃纸信封里，把从阿普林集邮册上撕下来的那些纸通通烧掉，然后把那些信封收到一个我藏东西的地方，这我可能不应该告诉你，不过说了又能怎样？我公寓的墙脚有一个插座是假的，后面没有接电线，只是一块面板加上两个插座孔，用螺丝固定在墙脚的护壁板上。如果你转开螺丝，就会发现后面有个一条面包大小的空间——不是那种蓬松的面包，是健康食品店里卖的那种结实的好面包。我的赃物脱手前都藏在那里，小偷工具也放在那里（不是所有的工具都收在那里，因为其中有一些在正常情况下是很合法的工具。胶带可以放在医药箱里，笔形手电筒可以和其他五金工具放在一起，这些都没有问题。然而撬锁的东西就不一样了，不论在什么情况下都可以让人吃官司）。

我另外还有一个类似的地方，专门用来放应急的钱。那个插座上甚至还插了一个收音机，那个收音机甚至可以听，因为它的电线虽然插进了一个空空的插座，但机身里面有装电池。我在那里放了几千块钱，全都是追查不出来源的五十美元和一百美元的钞票，可以用来贿赂警察、付保释金，甚至如果情况真的那么危急的话，可以让我到哥斯达黎加去。不过我向上天祈祷这种情况永远不要发生，因为我在那里会发疯的。我是说，我在那里认识谁啊？万一我突然疯狂地想吃个面包圈或者一块比萨可怎么办？


忙完后我也没睡。我冲了个澡，刮了胡子，换上干净衣服，然后出门到离家一条街的那家希腊餐馆去吃了个面包圈（不过没有吃比萨）和一盘培根加蛋，喝了很多咖啡。我小口小口地啜着咖啡，因为熬夜太久，又花了太多精神在一小块一小块的彩色纸片上，我疲倦得都快脑子短路了，思绪又飘回到几小时之前。我记得饥渴的双手、滑嫩的肌肤和温暖的嘴唇，不知道她跟我讲的那堆话里有没有半句实言。

我们之间有股甜美的魔力,是身体上也是心理上的魔力,而我当时也已经很累了,所以放松戒备接纳了她。我想,再放松一点,爱上她也是很可能的事。

而且这也没有那么危险,我认为,不会比蒙着眼睛飞滑翔机糟糕多少。这比起咧着伤口在满是鲨鱼的水域里游泳、拿装满硝酸甘油的瓶子扔着玩,或者在伍德赛德的"卡尼绿宝石酒吧"高歌《统治吧,大不列颠》,都要安全一些。

我付了账,留下过多的小费,恋爱中的人通常会这么做。然后我走到百老汇,搭地铁到城中心去。

# 10

我打开铁门上的锁,开了门,一把将邮件抓起来扔到柜台上,再慢慢把摆特价书的桌子推到店外,然后把窗户里的牌子从"抱歉……我们打烊了"翻到"营业中……欢迎光临"这一面。我刚坐上柜台后面的凳子,就有第一个顾客上门了。那是一位有点弯腰驼背的绅士,穿着一件诺福克短外套①,他略感兴趣地浏览着"一般小说"那几个书架,我则漫不经心地翻看着邮件。有两份账单,好几份图书目录,一张明信片问我有没有德里克·哈德森写的《刘易斯·卡罗尔传记》——我没有——还有一封盖了政府机构免邮资戳印的信,是某个滑稽的家伙寄来表示他希望能继续在国会里代表我的权益。我能了解他这种愿望。否则他就得自己出钱寄信了。

那个穿诺福克外套的人正在翻阅一本查尔斯·里德②

---

① 指一种式样宽松、配有腰带的单排扣外套。
② 查尔斯·里德(Charles Reade, 1814—1884),英国小说家。

的作品，一个气色甚差、长着龅牙的年轻女子来买了两本特价书。电话响了，有人问我店里有没有英国小说家杰弗里·法诺尔的书。我接过成千上万个电话，这是第一次有人问我这个问题。我检查了书架，回答说店里有干净的《隼之历程》和《业余绅士》。打电话来的人想知道有没有《铁匠贝尔坦》。

"没有，除非他是站在繁茂的栗树下。"我说，"不过我会找找看。"

我同意替他保留另外那两本，不过反正也不太可能有人来跟他抢。我把那两本书从架子上拿下来，很快走进后面的房间，把它们放在我的书桌上，让它们浸浴在书桌上方挂的那幅画像的光辉里——圣约翰，书商的守护神——回来的时候看见一位营养过剩的高个子男士，他身上那套深色的西装看起来手工非常细致，不过是替别人做的。

"哎哟哟，"雷·基希曼说，"这不是罗登巴尔女士的儿子伯纳德吗？"

"你听起来好像很惊讶，雷。"我说，"这是我的店，我在这里工作。我总是在这里。"

"所以我才来这里找你啊，伯尼，但你刚才在后面，害我吓了一跳。我还以为有人溜进来把你偷走了呢。"

我看向他身后那个穿诺福克外套的人。他已经放下查尔斯·里德改看另外一本了，但我看不见是什么书。

"生意不错吧，伯尼？"

"没什么可抱怨的。"

"还能维持,嗯?不过你从来不干持枪抢劫的事①,对吗?赚的钱够用吗?"

"唔,生意时好时坏。"

"但是过得去。"

"过得去。"

"而且你能得到行走于正邪之间的那种满足感。这一定很值得。"

"雷——"

"求个心安,这就是你的收获。的确很有价值,心安的感觉。"

"呃——"

我朝那个客人的方向点点头,他无疑已经拉长了耳朵在偷听。雷转过身看看对方,然后用拇指和食指捏住他自己丰厚的下巴。

"哦,我懂你意思了,伯尼。"他说,"你担心那位绅士听到你过去的犯罪记录会被吓着。是这样吗?"

"天哪,雷。"

"先生,"雷宣布说,"你可能不知道,但你即将有幸从一个曾经恶名昭彰的罪犯手中买书。这位伯尼以前是那种会把你的房子都偷走的人,现在呢,却成了改过自新活

---

① "维持"的英语是 hold up,"持枪抢劫"是 holdup,在这里雷用了这个词组以示双关。

生生的例子。没错,先生,我跟你说,我们纽约警察局的人都爱死了这位伯尼。嘿,先生,很欢迎你留在这里翻书啊,我一点都没有要赶你走的意思。"

但我的顾客已经走了,店门在他身后关上。

"谢了。"我说。

"哦,反正他是个老古板嘛,伯尼。他不会买那本书的。他那种人只会把书店当成图书馆。你怎么可能从这种无赖身上赚到半毛钱?"

"雷——"

"而且呢,他看起来很节俭。要是有机会搞不好会把那本书偷走。像你这种诚实的好人,是不会知道世界上有多少心术不正的人的。"

我什么也没说。何必鼓励他?

"我说伯尼啊,"他说着把一只沉重的手臂压在我的玻璃柜台上,"你总是埋在书堆里,一天到晚读这读那的。我来是想读点东西给你听。你有空吗?"

"呃,我——"

"你当然有空。"他说着把手伸进外套口袋,就在这时,店门砰的一声开了,冲进来的是卡洛琳。"可找到你了。"她叫道,"我打电话给你你没接,后来我再打又占线,然后我——哦,嗨,雷。"

"'哦,嗨,雷。'"他学舌道,"说得像你很高兴见到我的样子嘛,卡洛琳。我又不是你要洗的狗。"

"我对这句话不予置评。"她说。

"感谢上帝。"我说。

"你打电话,他不在家,"雷说,"然后你再打,占线,然后你就跑到这里来了。所以你是有事跟他说。"

"所以呢?"

"所以就说啊。"

"放着不会坏的。"她说。

"那你也许该走了,卡洛琳。去拿个吸尘器,吸吸警犬身上的跳蚤吧。"

"我对你也有同样的建议,"她甜美地说,"不过你用不着吸尘器。你何不去要点贿赂呢,雷?我和伯尼有正事要办。"

"我也是啊,宝贝儿。我正要他发表一点文学意见呢。管他呢,我想我要念给他听的东西让你听到也没什么关系。"

他从口袋里抽出一张小卡片。"你有权保持沉默,"他朗诵道,"你有权聘请律师。如果你没有人能提供法律咨询,你有权要求当局提供一位律师。"下面还有,而且字句和我记得的也不完全一样,但我并不打算把这段话查出来,整段抄在这里。如果你有兴趣的话,就朝哪个警察局窗户扔块石头好了。会有人出来逐字逐句念给你听的。

"我不明白。"我说,"你为什么要把这个念给我听?"

"哎呀,伯尼。让我问你个问题,好吗?你知不知道一幢叫作查理曼大帝的公寓楼?"

"当然。在第五大道上,七十几街附近。怎么了?"

"去过那里吗?"

"事实上,我前天晚上就在那里。"

"真的。接下来你就要告诉我你听说过一个叫作戈登·翁德东克的人。"

我点点头。"我们见过。"我说,"一次在这里,在店里,另一次是前天晚上。"

"在他查理曼大帝的公寓?"

"对。"他说这些是什么意思?我没偷翁德东克任何东西,他也不太可能报警说我摸走了安德丽亚的信。除非雷是在拐弯抹角,最后才要使出绝招,也就是说这一大堆关于翁德东克的话只是序曲,等下才会问出关于阿普林的邮票的问题。但至少午夜时分阿普林夫妇根本还没回城,那他们怎么可能发现东西失窃并报警,而雷又怎么可能已经把矛头指向我了?

"我是应他的邀请去的。"我说,"他要我给他的私人藏书估个价,尽管他并不打算要卖。我花了些时间看过他的书,给了他一个价码。"

"你真是好人。"

"我花时间是有钱赚的。"

"哦,是吗?他开了张支票给你啰?"

"付现金。两百美元。"

"哦,是吗?我想你会把这笔收入拿去报税吧,像你这种奉公守法、洗心革面的好公民,一定会这么做的。"

"你这么话里带刺是在干什么?"卡洛琳质问道,"伯尼又没做什么坏事。"

"从来就没人做坏事。监狱里关的全是被腐败警察陷害的无辜好人。"

"腐败的警察到处都是,"卡洛琳说,"除了陷害无辜,他们还会干什么?"

"反正呢,伯尼——"

"还会在餐厅里吃饭不付钱。"她继续说,"还会站在街角说笑话,眼睁睁看着老太太被抢劫、被强奸,还会——"

"还会忍耐某个需要打狂犬病疫苗、戴上嘴套的女同性恋出言侮辱。"

我说:"讲重点,雷。你已经把我的权利读给我听了,它说我不需要回答问题,所以你可以不用再问下去了。我有个问题要问你:这乱七八糟的是怎么回事?"

"怎么回事?你他妈的以为这是怎么回事?你被捕了,伯尼。否则我干吗念那一套给你听?"

"为什么被捕?"

"哦,天哪,伯尼。"他叹口气摇摇头,仿佛他对人性的悲观看法再一次得到了证实。"这个叫翁德东克的家伙,"他说,"他们在他卧室的衣柜里发现了他,五花大绑、嘴里塞着布,头被打扁了。"

"他死了?"

"怎么,你把他弄成那样之后他还会有呼吸吗?这家伙就这么死了,真是不够意思,但他就这么做了。他确实死了,我现在要以谋杀他的罪名逮捕你。"他拿出一副手铐给我看,"我得用到这玩意儿,"他说,"现在他们又这么规定了。不过慢慢来,先打烊吧?把东西收拾好。这地方搞不好会关上一阵子呢。"

我想我什么都没说,只是呆呆地站在那里。

"卡洛琳,去把门打开,让我和伯尼把桌子搬进来。可别把它留在外面,否则不到一小时书就会被偷光了,然后还有人会把桌子都给搬走。哎,妈的,伯尼,你到底是怎么啦?你以前一直是个温和的人啊。偷东西就偷东西吧,你杀了他干吗?"

# 11

"对我来说最困难的，"沃利·亨普希尔说，"是在跑步时算时间。当然，如果我的客户自己也跑步的话就大有帮助了。你知道有些人边打高尔夫边谈生意吧？'换衣服吧，'我会说，'我们去蓄水池边跑跑，看看我们在这个案子里立场如何。'你觉得我们可以再跑快一点吗，伯尼？"

"我不知道。这已经挺快了，不是吗？"

"我想我们现在算是不快不慢吧。"

"真奇怪。我以为我们已经超音速了呢。"

他礼貌地笑了笑，加快速度，我吸口气努力跟上他。现在仍然是星期四，我仍然没睡过，此刻是傍晚六点三十分左右，沃利·亨普希尔和我正以逆时针方向绕着中央公园跑。公园里的圆形车道有六英里都不对车辆开放，无数的人正在这里跑步、呼吸新鲜空气，并把氧气变成二氧化碳。

"打电话给克莱因。"我戴着手铐离开书店的时候告诉卡洛琳,"叫他来带我。从我家拿点现金来保释我出去。"

"还有什么事吗?"

"祝你今天愉快。"

雷和我朝一个方向、卡洛琳则朝另一个方向走去,这时我想着诺布·克莱因多年来在好几件案子里当过我的律师。他是个好人,个子比较矮,看起来有点像只胖黄鼠狼。他在皇后大道上有间办公室,接些不起眼的、从来不会闹上头条的案件。他在法庭上的表现并不突出,但幕后运作则很有一套,知道只要用对了方法,就会有法官做出善意的回应。我正在试着记起上次见到诺布是什么时候的事,雷听起来很随意地说:"你没听说吗,伯尼?诺布·克莱因死了。"

"什么?"

"你知道他有多风流吧?每次接下妓女客户的案子都要先亲自验货,然后就走人。他在办公室沙发上搞他的秘书,那女的跟了他八年还是十年了,然后他的心脏就这么废了。那个叫什么的硬化,冠状动脉,他在行事过程中死了,那女的说她尽一切努力想救活他,我敢说是真的。"

"天哪。"我说,"卡洛琳!"

于是我们就在街头紧急召开了会议,我能想到的名字只有沃利·亨普希尔,这人正在加紧练习准备跑马拉松,有望避免诺布·克莱因的命运。他办的是一般性法律事务,我没有理由相信他对这个很多人坚持称之为犯罪司法系统的东西很熟悉。但他接到电话就来了,上帝保佑他,而我也交了保获释,我遵照律师的建议拒绝回答警方的任何问题,现在只要我活着在公园跑完这一圈,说不定就能长命百岁了。

"真是滑稽,"沃利说着带我攻上一座小丘,他仿佛觉得自己是罗斯福,"我们常常在河畔公园见面,一起轻松地跑上几圈,我一直以为你是个跑步的人。"

"唔,你知道,我很少跑三英里以上,而且我不习惯爬坡。"

"不是,你没等我说完。我不是说你跑得不好,伯尼。我把你当成一个跑步的人,从来没想过你会是个小偷。我是说,人们不会把小偷想成是会谈论'摩顿脚'、小腿骨折之类事情的普通人。你懂我的意思吧?"

"试着把我想成一个开二手书店的人好了。"

"你也就是因为这样才到翁德东克的公寓去的?"

"对。"

"应他的邀请。你是前天晚上去的,也就是星期二晚上,在那里替他的藏书估价。"

"嗯。"

"你离开的时候他还活着。"

"我离开的时候他当然还活着。我这辈子从来没杀过人。"

"你把他绑起来然后离开?"

"没有,我没有把他绑起来。我离开的时候他活生生的,在电梯旁跟我说再见。不,仔细想想,他是冲回公寓里去接电话了。"

"所以电梯操作员带你下去的时候并没有真的看见他。"

"没有。"

"那时是几点钟?如果他跟某人讲过电话,我们能找出是谁的话——"

"大概十一点吧,差不多就是那个时间。"

"但是带你下楼的那个电梯操作员是午夜之后才当班的,不是吗?还有门卫和那个叫什么的——"

"管理员。"

"对。他们午夜接班,这些人认出了你,说你是一点左右离开那幢楼的。所以要是你十一点就离开了翁德东克家——"

"也可能是十一点三十分。"

"我猜你等电梯等了很久吧。"

"电梯就像地铁一样,错过了那小时的那一班,下一班可能让你等上一辈子。"

"你在那幢楼里另外有事要办?"

我想诺布·克莱因也不会比他更快猜出来。"差不多。"我同意。

"可是你昨晚又回去了。没有用翁德东克把你弄进门。

午夜之后接班的那批人说你连着两晚都很晚才离开，而且电梯操作员说他两次都是在翁德东克那层楼把你载下去的。是这样吗？"

"嗯。"

"值另外一班的人说你是靠送熟食店的三明治混进去的。"

"是花店的花，这可显示出目击证人有多可靠了。"

"事实上，我想他们说的是花。"

"熟食店的花？"

"我想他们说的是花店的花，我想是我的记忆把它变成了熟食店的三明治，而且我想你要是认为这些目击证人不够好的话，你就是在骗自己。还有医学方面的证据也不妙。"

"什么意思？"

"根据我所了解的部分，翁德东克是头上遭受一击致死的。有人拿某样又硬又重的东西打了他两下，第二下结果了他的性命。头骨碎裂，加上脑血肿，加上我不知道标准术语的东西，总之就是他被击打头部而死的。"

"他们推算出时间了吗？"

"大致算出来了。"

"结果呢？"

"根据他们的数据，他的死亡时间介于你到达和离开查理曼大帝之间。"

"我第二次离开的时候。"

"不是。"

"不是?"

"你是星期二晚上到翁德东克的公寓去的,对吧?离开的时候是星期三凌晨一点多,差不多就是那时候。"

"差不多。"

"嗯,他就是那时候死的。当然前后有两小时的误差,因为尸体又过了二十四小时才被人发现,数据就没那么准确了。但他肯定是那天晚上死的。伯尼,你要去哪里?"

我要去的地方是一〇二街上的捷径,可以让这长达六英里的圈子少整整一英里,同时避开最可怕的上坡路段。沃利想要多跑那一英里,还有那些上坡路段的练习,但我固执地在捷径上小步跑着,他也只能跑在一旁跟我争论。

"听着,"他说,"不到两年,你就会期待有上坡路让你跑了。那些监狱里的院子,你有的是时间跑,但是它的一圈只有十分之一英里。尽管这样,我还是有个在绿天监狱的客户一个星期跑了超过一百英里。那样很无聊,但也有它的好处。"

"他大概不用怕记不清楚路吧。"

"这是一方面,而且他平均每天跑十五英里左右。想想看他出来的时候体能会有多好。"

"他什么时候出来?"

"哦,很难说。两年之内应该可以获得假释,如果他从现在到那时候都乖乖守规矩的话,应该很有希望。"

"他做了什么?"

"嗯,他的女朋友交了个男朋友,他发现了,就把他们切了一点。"

"切断关系?"

"用刀切。他们,呃,死了。"

"哦。"

"这种事经常发生。"

"规律得像机器一样。"我说,"沃利,放松点。这些上坡路会让我的腿被切的。"

"你一定得进攻山丘,伯尼。这样你才能锻炼出四头肌。"

"这样我才能锻炼出心绞痛。他怎么可能会死在我离开那幢楼之前呢?"

有那么一阵,他什么也没说,我们在友善的沉默中向前跑。然后他又开口了,不过脸没朝我这边看,"伯尼,我可以想象事情是意外发生的。他是个有力的大个子,你要偷他的东西得先把他打昏绑起来才行。你把他打昏了绑起来,他那时候还活着,然后他的脑袋里出血,或发生了诸如此类的问题,于是他死了,而你根本不知道。因为假如你知道他死了,第二天显然不会又回那幢楼去。咦,等一下。如果你认为你离开的时候,被绑住的他还活着,那为什么又要再回到那幢楼去呢?如果是这样,你根本就会躲得远远的,不是吗?"

"对。"

"你没有杀他。"

"当然没有。"

"除非你杀了他,知道他已经死了,然后你回去——做什么?"

"我没有打他,没有偷他的东西,更别说是杀他了,沃利,所以这个问题变得很难回答。"

"先别管翁德东克。你为什么回到查理曼大帝?你前一天晚上已经偷过东西了。你是这么做了,对吧?离开他家之后去偷了某人的东西?"

"对。"

"那你为什么又回去?别告诉我说那幢楼容易下手,因为我不会相信的。"

"不,那里简直是铜墙铁壁。妈的。"

"如果你跟我说实话,事情会比较容易,伯尼。而且你跟我说的一切都受到保护,我不能透露出去。"

"这我知道。"

"所以呢?"

"我回去是要进到翁德东克的公寓里。"

"到翁德东克的公寓。"

"对。"

"你又和他约了?不对,因为你是用三明治那一招骗进门的。"

"是花。"

"我刚才又说三明治了吗？我的意思是花。你在知道他死了的情况下回去？"

"我是在知道他不在家的情况下回去的，因为他没接他那该死的电话。"

"你打电话给他？为什么？"

"为了确认他不在家，我好回去。"

"去干什么？"

"去偷一样东西。"

左脚，右脚，左脚，右脚。"你在替他的书估价的时候看上了某样东西。"

"对。"

"所以你就想回去拿。"

"情况比较复杂，不过大致是这样。"

"要把你当成卖书的人真是越来越难了，把你当小偷则越来越容易。就是报纸上称之为不知悔改的那种职业罪犯，但这样讲让你听起来像是个深谋远虑的盗窃狂。你回到一间前一晚你留了满屋指纹的公寓去？而且进门的时候你已经报上过真实姓名？"

"我没说这是我所采取过的最聪明的举动。"

"很好，因为这不是。我不知道，伯尼。我也不确定雇用我是你最聪明的举动。我是个挺不错的律师，但我在刑事诉讼方面的经验有限,也不能说我为那个杀了那两个人的客户尽了多大的力,不过我没拼命帮他辩护,是因为我觉得他在绿天监狱跑步能让我们都可以睡得踏实些。但如果要我说实话,你需要的是一个既懂得贿赂又能讨价还价谈减刑的人,而我这两方面都不行。"

"我是无辜的,沃利。"

"我只是不明白你为什么昨天又回到那里。"

"当时这主意看来很不错,知道吗?沃利,我昨晚整夜没睡,而且我从来没跑过四英里以上的路。我必须停下来了。"

"我们可以慢一点。"

"好。"我继续移动双脚。"去不去第二次有什么区别?"我问他,"我一样会惹上麻烦,因为公寓里到处是我的指纹,值班的人又记得我,而且如果他们推算的死亡时间真的跟你说的一样,去那第二次是多余的。"

"嗯哼。只是这样在法庭上更难辩称你从来就没去过那里。"

"哦。"

"你昨天在那里待了超过八小时,伯尼。这又是一件我搞不明白的事,你在一间公寓里和一个死人待了八小时,却说你根本连他死了都不知道。难道你不觉得你有点缺乏反应吗?"

"我根本没有看到他,沃利。"呼,呼。"雷·基希曼说尸体是在卧室衣柜里发现的。我检查过所有的房间,但我没有打开那些橱柜。"

"你从他的公寓里拿了什么?"

"什么也没拿。"

"伯尼,我是你的律师。"

"这会儿我还以为你是我的教练呢。就算你是我的心灵导师答案也是一样的。我没有拿翁德东克公寓里的任何东西。"

"你去那里偷一样东西?"

"对。"

"结果你没拿就走了?"

"又对了。"

"为什么?"

"我去那里的时候东西已经不见了。有人捷足先登。"

"所以你就转身回家了。"

"没错。"

"但回家前你却在那里待了八小时左右。是电视上有什么你不想错过的节目吗?还是你在一本一本读他的书?"

"我不想在那些人员换班之前离开那幢楼。我也没在翁德东克的公寓里待上八小时。我待在另一间没人的公寓里,等到午夜之后。"

"有些事你没有告诉我。"

"也许有一两件吧。"

"唔,这没关系,我想。但你没有直接对我撒谎吧,是不是?"

"没有。"

"你确定?"

"我肯定。"

"而且你没杀他?"

"天哪,没有。"

"你也不知道是谁干的。伯尼,你知道是谁杀了他吗?"

"不知道。"

"有一点线索吗?"

"半点也没有。"

"再跑一圈?我们这次抄七十二街的捷径,轻轻松松跑上四英里就行了。好吗?"

"门儿都没有,沃利。"

"来吧,试一试。"

"绝不可能。"

"好吧,"他胸口起伏,上下挥舞着手臂说,"那我们回头见了。我要去跑跑。"

# 12

"一定是她杀了他,"卡洛琳说,"对吧?"

"你是说安德丽亚?"

"还会有谁?这是一个原因,可以解释你撞见她的时候她为什么吓得口吐白沫。她是怕你发现她那具柜子里的骸骨[①]。当然那不是她的柜子,他也还没变成骸骨——"

"你认为她制伏了他,然后把他绑起来杀掉?她只是个小姑娘,卡洛琳。"

"这话真是可爱,你知道吗?"

"我是说体力方面。也许她可以用力打得他昏过去,也许甚至能杀死他,也许之后还能把他拉进柜子里,但我就是不相信她做了这其中任何一件事。也许她就是去那里找她的信,就像她说的一样。"

"你相信吗?"

---

[①] 在西方谚语中,"柜子里的骸骨"指不可告人的秘密。

"不相信,但我愿意相信她是去那里找东西的。"

"找那幅蒙德里安。"

"然后她怎么做?把它藏在身上的哪个洞里,瞒过我带出去?"

"不太可能。那样你早就发现了。"

我瞪了她一眼。现在是早上,星期五早上,就算我不觉得自己像个重生的人,至少也觉得是个状况极佳的人。我在公园里跟沃利·亨普希尔分道扬镳后就直接回家洗澡,喝了杯热甜酒,然后把门锁好、窗帘拉下、电话拔掉,足足睡了十小时。我很早就到城中心来了,每隔十分钟就打一次电话到贵宾狗工厂去看卡洛琳在不在,等她接电话之后,我在窗户里挂起"十分钟后回来"的牌子,把店门关上。

街对面有两个满头乱发的家伙在一个门廊里晃荡,我看过去的时候他们便缩进阴影中。他们看起来像是没拿酒瓶的酒鬼,让我考虑了一下是否应该把摆特价书的那张桌子留在外面,但是他们又能偷些什么呢?我那些教人自制美酒的书都安放在店里。我把桌子留在原处,在街角买了两杯咖啡,带到卡洛琳的店里去。

我到的时候,她正在帮一只卷毛比熊犬剪指甲。一开始我把它误认成一只雪白的贵宾狗,卡洛琳立即指出它一点也不像贵宾狗的种种原因,她大谈了几段狗经之后,我打断了她,向她报告事情的最新发展。从前往查理曼大帝的行动讲起，到送花的招数、在翁德东克公寓里发生的插曲，以及和沃利·亨普希尔的交谈。所有的事。

她听完后问道："情况有多糟，伯尼？你是不是陷入水深火热了？"

"这么说吧，我已经陷到胸口了，而且还在越陷越深。"

"都是我的错。"

"什么意思？"

"嗯，那是我的猫，不是吗？"

"他们绑架阿齐是为了要找上我，卡洛琳。就算你没养猫，他们也会找出别的方法来对我施加压力。一切都是为了把那幅画弄出博物馆，而这又是基本不可能办到的事。你问是不是安德丽亚杀了他。我一开始也是这么想，但这样时间就完全不对了。如果法医没疯，那么翁德东克就是在我偷阿普林邮票的时候被杀的。"

"你离开的时候，他是一个人。"

"据我所知是这样。"

"然后另外有人去登门拜访，打扁了他的头，把他捆起来塞进衣柜，然后偷走了画？"

"我想是吧。"

"我们为了赎我的猫必须去偷一幅画，有人却刚好为了偷同一个画家的画而杀死一个人，这岂不是太有意思了吗？"

"我也觉得太巧了。"

"嗯哼。你这个咖啡是在那家卖中东烧饼的店买的?"

"是啊。不太好喝,是吗?"

"问题不在于很难喝,而是让人猜不透他们在咖啡里放了什么。"

"鹰嘴豆。"

"真的?"

"只是猜的。他们什么东西里都放鹰嘴豆。我这辈子的前二十五年根本不知道鹰嘴豆是什么,然后突然之间鹰嘴豆就到处都是了。"

"你觉得是什么原因造成的?"

"八成是核试验吧。"

"有道理。伯尼,可如果他们杀死翁德东克是为了偷走那幅画,又何必把他绑起来塞进衣柜里呢?"

"这很不合理,因为那里看起来不像有任何别的东西被偷。其他的艺术品都价值连城,但那个地方看起来连搜都没有被搜过,更别提洗劫一空了。"

"也许有人为了特殊目的,只需要那幅蒙德里安。"

"例如什么目的?"

"例如去赎一只猫。"

"这我倒没想到。"

"重点是——下次到咖啡店里去买咖啡,好吗?"

"没问题。"

"重点是，为什么把他绑起来又塞进衣柜里？以防别人发现尸体吗？这不合理嘛，对不对？"

"我不知道。"

"那个叫什么名字的，安德丽亚，她知道他在衣柜里吗？"

"也许吧。我不知道。"

"她挺酷的，是不是？在一间有个死人的公寓里，被一个小偷撞见了，结果她怎么做？和他在那块东方地毯上滚来滚去。"

"是奥布松地毯。"

"我说错了，现在我们怎么办，伯尼？下一步该往哪儿走？"

"我不知道。"

"你没有告诉警方安德丽亚的事。"

我摇摇头。"我什么也没告诉他们。反正她又不能提供我不在场的证明。我或许可以试着告诉他们说翁德东克被杀的时候我在阿普林的公寓里，但那样对我又有什么好处？只会再度被控犯有盗窃罪，而且就算我把邮票给他们看了，也无法证明我没有在偷阿普林的邮票之前或之后杀死翁德东克。总之，我不知道她叫什么名字，也不知道她住在哪里。"

"你不认为安德丽亚是真名？"

"也许是，也许不是。"

"你可以在《村声》上登个广告。"

"是可以。"

"怎么了?"

"哦,我不知道。"我说,"我,哦,我有点喜欢她,仅此而已。"

"嗯,这很好嘛。没有人想跟自己厌恶的人一起在地毯上翻滚。"

"是啊,问题是,我有点觉得,或许能再和她聚一聚。当然,她是有夫之妇,这种事是没有未来的,但我以为——"

"你动了感情?"

"唔,是啊,卡洛琳,我想是的。"

"这不是件坏事。"

"不是吗?"

"当然不是。我自己也是。艾丽森昨天晚上来我家了。我们一起出去喝酒,然后我解释说有一个重要的电话我不想错过,于是我们就一起回到我家,我说的那个电话是关于我的猫的,但一直没有人打来,我们只是坐着听音乐、闲聊。"

"你走运了吗?"

"伯尼,我连试都没试。那只是一种安详温馨的感觉,你知道我的意思吗?你知道尤比有时候很不爱理人,尤其阿齐不见了之后,它特别烦躁,但昨天晚上它跑过来趴在我的腿上。我告诉她阿齐的事。"

"说它不见了?"

"说它被绑架了。整件事都说了。我忍不住,伯尼。我实在需要有个人谈谈这件事。"

"没关系。"

"恋爱。"她说,"就是它让世界存在的,对不对,伯尼?"

"人们是这么说的。"

"你和安德丽亚,我和艾丽森。"

"安德丽亚身高大约五英尺六英寸。"我说,"苗条,腰很细。深色的头发长度及肩,我看到她的时候,她绑着一条马尾。"

"艾丽森也很苗条,但她没那么高。我想大概五英尺四英寸吧。她的头发是浅棕色,短短的,而且她不抹口红、不涂指甲油。"

"当然不了,因为她是个政治和经济方面的女同性恋啊。安德丽亚涂着指甲油。我不记得她有没有擦口红。"

"我们为什么要把自己迷恋的人的外形说出来比对呢,伯尼?"

"我刚才有个愚蠢的想法,我想确定一下那只是个愚蠢的想法而已。"

"你以为她们两个是同一个人。"

"我说了,那是个愚蠢的想法。"

"你只是怕让自己动感情罢了。你已经很久没跟什么人这么认真了。"

"我猜是吧。"

"多年以后,"她说,"当你和安德丽亚都白发苍苍、一起坐在炉火前打瞌睡的时候,你们会回想这些日子,静静地一起笑起来。而且你们两个都不需要问对方为什么笑,因为你们就是知道,一个字也用不着说。"

"多年以后,"我说,"你和我会在某个地方一起喝咖啡,我们其中一个人会呕吐,而且一个字也不用说,另一个人就会想到这段对话。"

"还有这难喝的咖啡。"卡洛琳说。

# 13

我回到店里的时候,电话在响,但等我进门它也停了。我以为先前我只是带上弹簧锁关了门而已,但我显然还特地用钥匙锁上了门,因为现在我得用钥匙才能把门打开;这多给了打电话来的人几秒钟时间,让他从容地在我接起之前挂断。我嘀咕了几句大家在这种时候会讲的话,关于某人的祖先、性活动、饮食习惯之类的不太可能的说法,然后我弯下腰从地上捡起一张一美元的钞票。旁边有张纸片,上面用铅笔写着这是三本特价书的书款。

有时候确实会发生这样的事。到目前为止,还没有人诚实到连销售税的那几分几毫都加进去,万一有一天这种人真的出现了,我说不定会惭愧得从此不再犯罪。我把那一块钱放进口袋,到柜台后面坐下。

电话又响了。我说:"巴尼嘉书店,您早。"一个声音粗哑陌生的男人说:"我要那幅画。"

"这里是书店。"我说。

"别玩游戏了。你手上有那幅蒙德里安,我要。我会付你一笔公道的价钱。"

"我相信你一定会的,"我说,"因为你听起来像是个公道的人,但你弄错了一件事。我没有你要找的东西。"

"随便你。帮你自己一个忙,嗯?没有问我要不要之前,先别把它卖给别人。"

"这听起来很合理。"我说,"但我不知道该怎么跟你联络。我连你是谁都不知道。"

"但我知道你是谁,"他说,"也知道怎么跟你联络。"

他是在威胁我吗?我正在思考这一点,耳边传来咔嗒一声挂断电话的声音。我放下电话回想这段对话,试图找出一些关于那个人身份的线索。如果电话里真有线索的话,我可找不出来。我想我是有点想得出神了,因为过了一两分钟,我抬起头,看见一个女人正朝柜台走来,而我连她之前开门进来的声音都没听到。

她很苗条,像只小鸟,有着棕色的大眼睛和棕色短发,我立刻就认出了她,但一时想不起来是在哪里见过。她一手拿着一本过大的艺术书,另一只手放在柜台上说:"罗登巴尔先生?'仅欧几里得一人曾亲见美之原形'。"

我听过她的声音。什么时候?在电话里吗?不。

"《俄勒冈路三号的史密斯女士》。"我说,"你刚刚引用的不是玛丽·卡罗琳·戴维斯的句子。"

"的确。这是艾德娜·圣文森特·米雷[①]。我看到这个的时候脑子里就出现了那个句子。"

她把那本书放在柜台上。那是一本现代艺术的概论，从印象派一直到目前的无政府状态，现在打开的是一页彩色页，上面有一幅几何抽象画。灰白色的画面被黑色线条纵横切割成正方形和长方形，其中有好几格涂上了原色。

"纯粹几何的绝对美感。"她说，"或者我是说绝对几何的纯粹美感。直角和原色。"

"这是蒙德里安吧？"

"彼埃·蒙德里安。你对这个人和他的作品知道得多吗，罗登巴尔先生？"

"我知道他是荷兰人。"

"的确是。一八七二年生于阿姆斯福特。你也许记得，他一开始是画写实风景画的，随着他逐渐找到自己的风格、艺术创作渐趋成熟，他的作品也越来越抽象。到了一九一七年，他已经和迪奥·凡·杜斯堡、巴特·凡·德尔·勒克等人一起发起了一个叫风格派的运动。他像信仰宗教般地相信直角就是一切，认为直线和横线交叉切割空间的形态等于是在做重要的哲学宣言。"

她讲的不只这些。她给我上了一堂课，激切热烈的程度和她两天前读那可怜的史密斯时不相上下。"彼埃·蒙

---

[①] 艾德娜·圣文森特·米雷（Enda St. Vincent Millay, 1892—1950），美国诗人、剧作家、女权主义者。

德里安的作品第一次在美国展出是一九二六年。"她告诉我,"十四年后他搬到这里。他一九三九年就已经迁居伦敦,躲避战火,德国空军开始轰炸伦敦的时候,他就到这里来了。纽约让他着迷,你知道。格子状的街道,那些直角。然后就开始了他的'布基伍基'①时期。"

"我不知道他还是个音乐家。"

"不是。是他的画风改变了。街上的交通、高架铁路、黄色出租车、红灯、像爵士乐一样脉动的曼哈顿,这些都给他带来灵感。你应该很熟悉《百老汇爵士乐》吧——这是他最有名的几幅画之一,收藏在现代艺术博物馆。还有一幅画叫作《胜利爵士乐》②,另外还有,哦,好几幅其他的。"

收藏在其他几家博物馆里,我想,而且它们完全可以继续留在那里。

"我明白了。"我不明白的时候经常说这句话。

"他死于一九四四年二月一日,差六星期满七十二岁。据我所知,死因是肺炎。"

"你对他的事知道得真多。"

她举起双手调整她那顶其实不需要调整的帽子,眼睛直盯着比我左肩稍高的一个点。"小时候。"她平静地说,

---

① 原文为 boogie-woogie,指一种爵士乐钢琴曲式,以重复的低音节奏及旋律为特点。
② 《百老汇爵士乐》和《胜利爵士乐》的英文分别是 *Broadway Boogie Woogie* 和 *Victory Boogie Woogie*。

"我们每个星期天都到祖父母家去吃晚饭。我和我父母住在白原①的一幢平房里,祖父母则在城里的河滨路上有一套很大的公寓,从家里的大窗户可以俯瞰哈得孙河。彼埃·蒙德里安一九四〇年抵达纽约的时候曾在那间公寓里住过。他送了一幅画给我祖父母作为礼物,就挂在饭厅餐具橱上方的墙上。"

"我明白了。"

"我们总是坐在同样的位子上。"她说着闭上她那双大眼睛,"我现在还可以看见那张餐桌。我祖父坐在一头,我祖母坐在另一头,靠近厨房门。我的叔叔、婶婶、堂妹坐在一侧,我父母和我则坐在另一侧。我只要往我堂妹的头上方看,就可以看见那幅蒙德里安的画。我整个童年几乎每个星期天晚上都可以盯着它看。"

"我明白了。"

"你或许会以为我长大之后就把它忘了,小孩常常都是这样。毕竟我从来没见过画家本人,他死的时候我还没出生。总的来说,我小时候对艺术也不是特别敏感。但那幅画显然有些什么特别之处,打动了我。"她想起一件事,微笑起来,"上美术课的时候,我总是试着要画抽象的几何图形。其他孩子在画马、画树,我画的则是黑白格子加上红黄蓝的方块。老师们不明白那是怎么回事,但我是想

---

①白原(White Plains),美国纽约州中南部威切斯特郡城市,位于曼哈顿岛东北四十公里。是纽约的住宅卫星城市,也是商业中心。

成为另一个蒙德里安。"

"事实上,"我试探性地说,"他的画看起来并不太难画。"

"第一个想到要这么画的人是他,罗登巴尔先生。"

"嗯,当然,确实是这样,但——"

"而且他画中的简单也不只是简单而已。他的比例相当完美。"

"我明白了。"

"我自己毫无艺术天分,连抄袭都抄不好。我也没有什么真正的艺术野心。"她再次侧过头,眼神探索着我的双眼,"那幅画本来应该是我的,罗登巴尔先生。"

"哦?"

"我祖父答应要给我的。他从来就不富有。他和我祖母的生活虽然宽裕,但并没有堆起金山银山。我不认为他知道蒙德里安那幅画的价值。他知道那幅画的艺术价值,但我想他不会猜到它值这么多钱。他从来没收集过艺术品,对他而言,那幅画就只是一个好朋友赠送的珍贵礼物。他说,他死后那幅画会留给我。"

"结果没有?"

"先去世的是我祖母。她受到某种细菌感染,用抗生素也治不好,不到一个月她就因肾衰竭而死。祖母死后,我父母想说服祖父来和我们一起住,但他坚持待在原处,唯一的让步是请了个女管家。我祖母的死对他打击很大,一年之后他也死了。"

"那幅画——"

"消失了。"

"是管家拿的？"

"这是其中的一种猜测。我父亲认为可能是我叔叔拿的，我想比利叔叔对我父亲也有同样的想法。每个人都怀疑管家，也曾经提到过要进行调查，但我想这件事后来也就不了了之了，最后家里的人算是同意曾经遭过小偷，因为还有其他东西也不见了，比如一些银器银饰，而对我们来说，把事情归到某个无名小偷身上，总比大张旗鼓地彼此怀疑要容易。"

"我想这些损失的东西都有保险吧。"

"那幅画没有。我祖父没有为它上保险。我相信他一定从来没有想过要这么做。毕竟这幅画不是他花钱买来的，而且我相信他一定从来没想到过它会被偷。"

"画一直没找回来？"

"没有。"

"我明白了。"

"时间慢慢地过去。我父亲也去世了。我母亲再嫁，搬到别的地方去住。蒙德里安仍然是我最喜爱的画家，罗登巴尔先生，每当我在现代或古根海姆博物馆看到他的作品，我就会有一种强烈而原始的反应，心里也会感到一股刺痛，为了我的那幅画，我的蒙德里安，那幅祖父答应要给我的作品。"她站直身子,挺起肩膀。"两年前。"她说,"朱红画廊办了一场蒙德里安的回顾展。我当然去看了。罗登巴尔先生,当时我从一幅画走到另一幅画前面,就像每次面对蒙德里安的作品时一样屏息无言,然后我看到了其中一幅,心脏差点停止跳动,因为那是我的那幅画。"

"哦。"

"我太震惊了,目瞪口呆。那是我的画,到哪里我都认得出来。"

"不过你已经十年没见过它了,"我思索着说,"蒙德里安的画又的确有某种相似之处。这么说不是要贬低他的天才,但——"

"那就是我的那幅画。"

"你说是就是。"

"每个星期天我都坐在那幅画对面,坐了好几年。我把青豆拌进土豆泥的时候就盯着它看。我——"

"哦,你也有这习惯?你知道我以前还会怎么做?我会把土豆泥堆成城堡,旁边用酱汁当护城河,然后拿一根红萝卜当大炮,用青豆当炮弹。我最想做的是找出个方法把豆子弹进鸡胸肉里,不过这我妈妈可就不准了。你的那幅画是怎么到朱红画廊去的?"

"出借参展。"

"从博物馆借来的?"

"私人收藏。罗登巴尔先生,我不在乎那幅画是怎么变成私人收藏或非私人收藏的。我只是想要那幅画。那幅画本来就该是我的,其实到了这个地步,就算它本来不该是我的我也不在乎了。从在回顾展上看到它开始,我就对那幅画形成了一种无法抗拒的偏执。我一定要拥有它。"

我在想,蒙德里安到底有什么特色能这么吸引疯子?绑架猫的人,打电话来的那个男人,翁德东克,杀翁德东克的人,现在又是这位怪里怪气的女人,哎对了,她是谁啊?

"说了半天,"我说,"你是谁啊?"

"你刚刚都没在听我说话吗?我祖父——"

"你没告诉过我你叫什么名字。"

"哦,我的名字。"她说,只迟疑了一秒,"我叫埃尔斯佩丝。埃尔斯佩丝·彼得斯。"

"很好听的名字。"

"谢谢。我——"

"我想你是认为我在多年前偷走了你祖父的那幅画吧。这我能理解,彼得斯小姐。你在我的书店里买过一本书,从此对我的名字就有了印象。然后你读到或听说了什么事情,说我在开二手书店之前曾经小有犯罪事业,于是你的脑海里就做出联想,这我也不难理解,而——"

"我并不认为是你偷了我祖父的画。"

"你不认为?"

"怎么,难道你真的偷了吗?"

"没有，但——"

"因为我猜这还是有可能的，如果这样，你当时就得是个年纪很轻的小偷了，不是吗？我一直认为我父亲说得对，是比利叔叔拿的，但其实也可能是比利叔叔说得对，是我父亲拿的。不管是谁拿的，总之这个人把画卖了，你知道买主是谁吗？"

"我可以做个大胆的猜测。"

"我相信你可以。"

"J.麦克伦登·巴洛。"

这可是她第一次听说这个名字。她瞪着我。我又说了一次，但那名字似乎仍然对她没有任何意义。"就是他把那幅画借给朱红画廊的，"我说，"后来又捐赠给了休利特美术馆。记得吗？"

"我不知道你在说什么。"她说，"出借那幅画——我的那幅画——的是一个叫作戈登·凯尔·翁德东克先生的人。"

"哦。"我说。

"我也看报纸的，罗登巴尔先生。你那番小小的犯罪事业似乎在你开店卖书之后还在继续，而且如果报纸上说的可信的话，你因谋杀翁德东克先生而被逮捕了。"

"从理论上讲，你这么说没错。"

"现在你交保了？"

"差不多吧。"

"正是你偷了他公寓里的那幅画。我的画,我的蒙德里安。"

"好像每个人都这么想,"我说,"但这不是事实。那幅画不见了,我承认,但我的手套从来没有碰过它。有个巡回展览即将开始,翁德东克准备要把画出借,所以就送去重新裱框了。"

"他不会那么做的。"

"他不会?"

"展览的主办方会处理这种事——如果他们觉得那幅画需要重新裱框的话。我肯定是你拿了那幅画。"

"我到那里的时候画已经不见了。"

"这话让人很难相信。"

"当时我自己也很难相信,彼得斯小姐。我现在还是很难相信,但我在那里亲眼看到了。或者我该说是亲眼没看到,因为原来挂画的地方只剩下一个空位。"

"是翁德东克告诉你他把画送去重新裱框的?"

"我没问他。他死了。"

"你杀了他之后才注意到画不见了?"

"我没有机会杀他,因为有人已经先下手了。而且当时我也不知道他死了,因为我没有去衣橱里找他的尸体,因为我不知道有尸体可找。"

"是别人杀了他。"

"唔,我不认为这是自杀。如果是的话,这真是我听过最糟的自杀案例。"

她望向不太远的远方,额头上出现了几条纹路。"不管是谁杀了他,"她说,"这个人拿走了那幅画。"

"可能吧。"

"是谁杀了他?"

"我不知道。"

"警方认为是你。"

"他们应该没这么笨。"我说,"至少逮捕我的那个警官是这样。他认识我好多年了,知道我是不杀人的。但他们能证明我去过那间公寓,所以在他们找到比较合适的嫌疑犯之前,我可以先充充数。"

"那要怎么样才能找到比较合适的嫌疑犯呢?"

这我已经想过了。"嗯,要是我能搞清楚是谁干的,我想我可以把话传出去吧。"

"所以你正试着找出凶手是谁。"

"我只是挨过一天算一天,"我说,"但我承认我是把眼睛睁大、耳朵竖直了的。"

"等你找到凶手,就可以找到那幅画了。"

"不是等我找到,是如果我找到。而且就算如此,我也不一定能同时找到那幅画。"

"等你找到了,我要。"

"呃——"

"那本来就应该是我的。你必须明白这一点,我是认真的。"

"你指望我就这么把画交给你?"

"那会是最为明智的举动。"

我盯着这个纤弱女子。"好家伙,"我说,"你是在威胁我吗?"

她没有移开视线,那双眼睛真是大。"如果能得到那幅画,"她说,"我也会杀死翁德东克的。"

"你真的是无法自拔的偏执。"

"这我很清楚。"

"听着,这话你听来可能觉得离谱,但你有没有想过要接受治疗?你知道,偏执狂只是转移焦点,让我们不去处理真正的问题,如果你能解除这种偏执——"

"等我拿到我那幅画,偏执就会解除了。"

"我明白了。"

"罗登巴尔先生,我可以是你的好朋友,也可以是你危险的敌人。"

"假如我真的拿到了那幅画。"我谨慎地说。

"这表示画现在已经在你手上了吗?"

"不是,我说什么就是什么意思。假设我拿到了画,怎么跟你联络?"

她迟疑了一下,然后打开皮包拿出一支很细的记号笔和一个信封。她把信封反过来拿,从封口撕下一片纸,把信封放回皮包,然后在纸片上写了一个电话号码。然后她又迟疑了一下，在号码底下写上 E. 彼得斯。

"好了。"她说着把纸片放在柜台上那本打开的艺术书旁边，套上笔套，把笔放回皮包，看起来正要开口说什么，这时店门开了，叮当的铃声宣布有访客到来。

这位访客也出声宣布自己的到来。是卡洛琳，她说："嘿，伯尼，我又接到了一个电话，我想——"埃尔斯佩丝·彼得斯转身面对卡洛琳，两个女人对视了一会儿，然后埃尔斯佩丝·彼得斯经过她身旁走出门外。

# 14

"别爱上她。"我告诉卡洛琳,"她已经疯狂地迷恋上其他的东西了。"

"你在说什么啊?"

"你盯着她看的那个样子,让我觉得你要爱上她了,或者可能欲火焚身了。这也是可以理解的,但——"

"我是以为我认识她。"

"哦?"

"乍看我还以为是艾丽森。"

"哦。"我说,"那她是吗?"

"不是,当然不是。如果是的话,我就会跟她打招呼了。"

"你确定吗?"

"我当然确定。为什么这么问,伯尼?"

"因为她说她叫埃尔斯佩丝·彼得斯,可是我不相信。而且她牵扯在蒙德里安的事情里。"

"那又怎样？艾丽森可没有，记得吗？艾丽森是和我扯在一起的。"

"对。"

"她们两个长得很像，但也只是很像而已。她是怎么牵扯在内的？"

"她认为那幅画本来就属于她。"

"也许是她偷了猫。"

"不是那幅画。是翁德东克的画。"

"哦。"她说，"有太多幅画了，你知道吗？"

"每样东西都太多了。你刚才正在说你又接到了一个电话。纳粹打来的？"

"对。"

"嗯，打电话的不可能是彼得斯，因为她刚才在这里。"

"对。"

"她要干什么？"

"嗯，她算是让我安了心。"卡洛琳说，"她说猫还活得好好的，只要我合作，它就不会出什么事。她说我不用担心他们会切下它的一只耳朵或一只脚什么的，说猫胡须那招只是为了表示他们是认真的。她还说她知道画的事情会很难办，但她相信我们只要用心就一定可以做得到。"

"听起来她好像要安慰你似的。"

"嗯，这奏效了，伯尼。关于猫的事情我感觉好多了。

我还是不知道我会不会再见到它，但我已经不像先前那么六神无主了。昨天晚上和艾丽森谈这件事很有帮助，现在又接到了这个电话。只要让我知道猫不会发生什么可怕的事——"

我几乎没听见门开的声音，但我还是抬起头来看到了他，在他走近的时候对卡洛琳嘘了一声。她话说到一半就停了下来，转过身去看我为什么打断她。

"狗屎。"她说，"你好，雷。"

"你好。"那位金钱能买到的最好的警察说，"你知道，这种事能让人看出谁是真正的朋友。这里有两个我认识多年的人，我只要走进屋里，一个就说嘘，另一个说狗屎，猫会发生什么事啊，卡洛琳？"

"没事。"她说，多年前她在什么地方听说过最佳的防御方法就是好好地冒犯对方，从此便铭记在心，"真正的问题在于伯尼会发生什么事，要是所谓的老朋友动不动就要逮捕他的话。你有没有听说过警方骚扰，雷？"

"我从来没听说过警方暴力，你就该心存感激了，卡洛琳。你为什么不出去走走呢，嗯？伸伸腿嘛。你的腿很需要伸一伸。"

"如果你要讲关于矮子的笑话，雷，我就讲屁眼的笑话，这样你会被放到哪里去呢？"

"天哪，伯尼。"他说，"你就不能让她淑女一点吗？"

"我一直在努力。雷，你有什么事？"

"我要跟你谈几分钟。私下谈。如果她要留下来,我想我们可以到你书店后面的房间里去。"

"不,我去。"卡洛琳说,"反正我得上厕所。"

"你这么一提,我也想上了。不,你先请吧,卡洛琳。伯尼和我要谈谈,所以你尽管慢慢来。"他等到她离开这间房间,然后一手放在埃尔斯佩丝·彼得斯留在我柜台上的那本艺术书上。书已经合起来了,不再打开在蒙德里安那幅画的那页。"画,"他说,"对吧?"

"很好,雷。"

"和你从翁德东克那里偷的那幅一样?"

"你在说什么?"

"一个叫蒙德里安的家伙。"他说,只不过把音发成了莫特里恩,"本来是挂在壁炉上面的,保险三十五万美元。"

"一大笔钱。"

"可不是吗?就我们目前所知,这是唯一被偷的东西。相当大的一幅画,白底,黑色条纹有横有竖,这里那里涂了点颜色。"

"我看过那幅画。"

"哦?真的。"

"在我替他的书估价的时候。画挂在壁炉上方。"我想了想,"他好像说过要把画送去裱框之类的。"

"是啊,那幅画的确需要一个新的框。"

"这话怎么说？"

"我告诉你这话怎么说，伯尼。那幅莫特里恩的框和翁德东克的尸体一起放在衣橱里，断成好几截。铝框还在，那个叫作撑架、用来固定画布的东西也还在，但是画布没有了。"

"没有了？没有什么？"

"没有固定在上面。有人把画布从撑架上割走了，但留下来的部分还足够让保险公司的人一眼就认出是那幅莫特里恩。在我看来它什么也不像。四边只剩下大概一英寸宽的画布，白底上有东一抹西一抹像莫尔斯电码的黑线条，好像还有一道红色。我猜是你把画卷起来，藏在衣服底下带出了那幢建筑。"

"我没有碰它。"

"嗯哼。你一定是很匆忙，才会直接把画割下来，没有慢慢拆掉订书针。否则你可以拿到完整的画布的。我不认为是你杀了他，伯尼。我一直在想这件事，但我不认为是你干的。"

"谢谢。"

"但我知道你去过那里，你一定拿了那幅画。也许你听到有人来了，所以就匆匆忙忙把画从框里割了下来。也许你把画框留在了墙上，也没有替翁德东克松绑，然后别人把画框塞进衣橱里，顺便把他也给杀了。"

"怎么会有人这么做？"

"谁知道谁会做什么啊？这是个疯狂的世界，有疯狂的人。"

"阿门。"

"重点是，我想那幅莫特里恩在你手上。"

"是蒙德里安，不是莫特里恩。蒙德里安。"

"有什么差别？就算我把他的名字说成他妈的毕加索，我们照样知道是在说谁，我认为画在你手上，伯尼，要是不在你手上你也可以弄得到，所以我才会在私人时间跑到这里来，而不是在家跷着脚看电视。"

"为什么？"

"因为有赏金。"他说，"保险公司都是一帮小气的王八蛋，悬赏金额只有百分之十，但三十五万的百分之十是多少？"

"三万五千美元。"

"要是书店垮了，伯尼，你还可以去当会计师。你要逃过这谋杀案的罪名，得用点钱对吧？律师费，其他的开销等。见鬼，谁不需要钱呢，对吧？否则你一开始也就不用去偷了。所以你把那幅画弄来，我拿去领赏，然后钱我们两个分。"

"怎么分？"

"伯尼，我贪心过吗？我们五五分成，这样大家都开心。你帮我洗洗手，我帮你抓抓背，懂我的意思吗？"

"我想我懂。"

"所以我们就是每人一万七千五，跟你说，伯尼，你找不到更好的价钱了。闹出这么大的新闻，又是谋杀又是什么的，你不可能就这样跑出去找买主的。你也别想自己谈交易，把画卖回给保险公司，因为那些王八蛋会布下陷阱，最后让你吃不了兜着走。当然了，也许你是照订单偷画的，也许你有个客户在等你交货，但你能冒这个险吗？他可能会弃你不顾；再说，如果保险公司拿回画的话，你承受的压力就不会那么大了。"

"你都想好了嘛。"

"嗯。"他说，"人总得为自己打算。另外，也许你已经销赃了，照订单偷画，当天晚上就交货了。"他把身体重心从一只脚换到另一只。"喂，她到底在里面做什么啊，伯尼？"

"满足自然的生理需要吧，我想。"

"是啊，唔，我希望她要么快点，要么就干脆出来。我快憋不住了。我刚才说，如果你那幅莫特里恩已经脱手了，就得把它给偷回来。"

"从我的买主那里偷回来？"

"或者是从他的买主那里，如果画已经卖出去了的话。我跟你说，伯尼，要是莫特里恩找回来了，这案子就会好办得多。那样的话盗窃和谋杀这两件事就可以分开，也许大家找凶手不会找到你头上来。"

"那样你的口袋里也就会多了三万五的一半，雷。"

"别忘了,另一半是进你的口袋。卡洛琳到底怎么了?也许我该去看看她是不是掉进去了。"

就在这个时候,这位我最喜爱的狗美容师上气不接下气地冲出门来,一只手拉着裤子的皮带,另一只手伸出来掌心朝着我们。

她说:"伯尼,大事不妙了。雷,别进去,连想都别想。伯尼,我冲了一个他妈的卫生棉条下去。我以为没关系,结果马桶堵住了,水往回流,弄得满地都是大便,而且还在继续冒出来。我想把它清干净,但却越弄越糟。伯尼,来帮我一下好吗?我怕会流得整个店里都是。"

"我正要走。"雷边说边往后退,他脸色有点发青,表情也不太开心,"伯尼,我们保持联络,嗯?"

"你不来帮忙吗?"

"开什么玩笑?"他说,"天哪!"

他撤退的速度不慢,但在他走出店门之前,我就已经绕过柜台跑了出来。我跑过后面的房间,冲进厕所,地上什么也没有,只有红色和黑色的塑胶地毯像棋盘格子一样铺着,没有水,也不比平常脏。

马桶上坐着一个男人。

这个人看起来不应该出现在这里。他衣着整齐,身穿灰色斜纹格子布的外套,配上一条灰色的鲨鱼皮裤子,衬衫是茶色的,脚上的鞋又旧又破,颜色介于黑与棕之间。他有一头蓬乱的锈棕色头发和没刮整齐、夹杂着灰白的红色山羊胡。他仰着头，张着嘴，露出一口从来没被齿科矫正师照顾过的黄板牙。他的眼睛也是睁着的，颜色是那种被形容成纯真的蓝色。

"哦，天哪。"我说。

"你不知道他在里面？"

"当然不知道。"

"我也是这么猜的。你认出他是谁了？"

"那个画家。"我说，"那个在休利特美术馆付了一毛钱的人。我忘记他姓什么了。"

"透纳①。"

"不是，那是另一个画家，不过也很接近了。那个守卫知道他姓什么，叫过他的女生。特恩奎斯特。"

"没错。伯尼，你要去哪里？"

"我要确定店里没有人，"我说，"还要把门锁好，还要把营业中的牌子翻到打烊的那一面。"

"然后呢？"

"我还不知道。"

"哦。"她说，"伯尼？"

"干什么？"

"他死了，是不是？"

"哦，毫无疑问。"我说，"死得透透的了。"

---

①透纳（William Turner，1775—1851），英国风景画家，十九世纪上半叶英国学院派画家的代表。

"我也是这么想的。我想我要吐了。"

"哦,如果你非吐不可的话。可是你能不能先等我把他从马桶上弄下来再吐?"

# 15

"租一个月只要五十块。"她说,"相当划算,对不对?一天才不到两块钱。一天不到两块钱能买什么?"

"早餐。"我说,"如果你买东西精打细算的话。"

"而且小费给得抠门的话。唯一的问题是租期最少得一个月。就算我们一个半小时就还回去,也还是五十块钱。"

"我们也许根本就不会还回去了。你付了多少押金?"

"一百,再加上第一个月的租金,所以我一共付了一百五。但那一百块是会退的,等我们把东西还回去的时候——如果我们把东西还回去的话。"

我们在第六大道和十二街的交会路口等红灯。变灯了,我们过马路。过了之后卡洛琳说:"不是通过了一条法律吗?不是每个街角都应该有残障坡道吗?"

"听起来有点耳熟。"

"那么,你说这叫坡道吗?看看这个人行道的砌边有多高吧!简直可以从上面飞滑翔机下来了。"

"你按住把手。"我说,"我来抬。一二三。"

"狗屎。"

"放松点就可以了。"

"狗屎加巧克力酱。我是说就算人行道的砌边很高,我们也能过得去,但你说,要是一个真正残障的人士自己出门,他该怎么办?"

"你每走一条街就问一次这个问题。"

"嗯,这是因为我们每弄这该死的东西上人行道一次,我就觉醒一次。这是会让我激动的议题。拿份请愿书来我就会签。发动一场游行我就会参加。什么事这么好笑?"

"我是在想象你游行的样子。"

"你的幽默感很病态,伯尼。有人告诉过你吗?帮我推——我让我们这位朋友颠得厉害。"

倒不是说我们的朋友会抱怨。当然他就是那位已故的特恩奎斯特先生,我们在推的东西你大概也已经猜到了,是轮椅,是从位于第一大道上、十五街和十六街之间的皮特曼医疗器材供应中心租来的。卡洛琳到那里去租了这个神奇的装置,然后坐出租车把它带回来,我帮她把它搬进店里,然后我们打开轮椅,把特恩奎斯特塞了进去。

我们离开书店的时候,他坐在轮椅上看起来还算挺自然的,比他坐在我厕所里的马桶上时看起来好多了。他腰上系着一条皮带以便固定,我另外拿了两根旧电线把他的手腕绑在椅子扶手上、脚踝绑在位置合适的横杆上。一块盖腿布——事实上是一条有点发霉的旧毯子——把他从脖子以下整个盖住。一副福斯特·格兰兹牌太阳镜遮住了他睁大的蓝眼睛。一顶从三月起就挂在我店后面的房间里、等着主人来认领的粗呢帽，如今戴在特恩奎斯特头上，尽量不让他被认出来。我们就这样朝西前进，一路试图想搞明白这到底是怎么回事，每走一条街卡洛琳就骂一次人行道的砌边，于是我们就分心一次。

"我们现在做的事，"她说，"是移动尸体。这是重罪还是轻罪？"

"我不记得了。反正绝对是不应该做的事。法律对这种事的看法很消极。"

"在电影里，你什么东西都不应该碰。"

"我从来不碰电影里的东西。你应该做的事是马上报警说发现尸体。你原本可以这么做的，你可以直接从厕所出来，告诉雷说马桶上坐了具尸体，连电话都不用打。"

她耸耸肩。"我想他会要求我们解释。"

"很可能。"

"我也想到我们不知道该如何解释。"

"又说对了。"

"他是怎么进去的，伯尼？"

"我不知道。他刚才摸上去还挺温的，但我这辈子也没摸过多少个死人，不知道尸体要多久才会冷透。如果说昨天我关门的时候他就在店里了,也不是不可能。记得吗?我打烊时很匆忙,因为我被捕了,这让我无法专心照顾到平常的程序。或许他在浏览架子上的书,又或许他是故意溜到后面去躲起来的。"

"他为什么要这样做?"

"不知道。然后他可能待在那里。晚上或早上什么时候,他去了厕所,没脱裤子坐在马桶上,然后就死了。"

"死于心脏病或者什么的吗?"

"或者什么的。"我同意。轮椅撞上了人行道上的一个突起,椅子上乘客的头往前一栽,差点把帽子和太阳镜都颠掉了。卡洛琳赶紧把东西调整好。

"他会告我们的。"她说,"害得他颈部扭伤。"

"卡洛琳,这个人已经死了。别开玩笑。"

"我没办法控制。这是神经紧张的反应。你认为他只是死于自然因素?"

"这里是纽约。在这个城市里,谋杀就是自然因素。"

"你认为他是被杀的?会是谁杀了他呢?"

"我不知道。"

"你认为有别人和他一起在店里吗?那人是怎么出去的呢?"

"我不知道。"

"也许他是自杀的。"

"为什么不可能呢?他是个俄国间谍,某颗牙齿里藏了氰化物胶囊。他知道行迹败露了，所以就偷偷跑到我的店里来咬牙服毒自杀。他想死在装订精良的初版书的围绕之下，这是很自然的事。"

"唔，如果不是心脏病或者自杀——"

"或者疱疹，"我说，"我知道得疱疹的人很多。"

"如果不是这些原因，如果有人杀了他的话，他是怎么做到的？你认为你昨天打烊的时候店里锁了两个人吗？"

"不。"

"那是怎么回事呢？"

"也许他是在我今天开门的时候溜进来的。我有可能没注意到。然后，在我买咖啡准备带到你那里去的时候——"

"那可怕的咖啡。"

"——他或许就溜进厕所，死在了那里。或者如果有别人和他一起的话，可能是那个人杀了他。或者如果他是一个人来的，后来又有别人来了，他可能开门让那人进去，然后那人可能就杀了他。"

"或者是凶手昨天晚上或今天早上想办法待在上锁的店里，等特恩奎斯特来的时候凶手让他进门，然后杀了他。他们没有钥匙，能让对方进门吗？"

"没问题。"我说，"我去买咖啡的时候没把锁都锁好。我把摆特价书的桌子留在外面，只按了门钮把弹簧锁锁上。我甚至不记得用钥匙锁住门上的锁栓。"我皱着眉头想起了什么。"不过我一定锁了，因为我回来的时候锁栓是扣住的，我得把钥匙插进锁孔转两次，把锁栓和弹簧锁都给打开。妈的。"

"怎么了？"

"嗯，这样事情就全乱了。假设特恩奎斯特让凶手进门，如果他在屋里的话，只要转动门把就行了。然后凶手把特恩奎斯特杀死，放在马桶上就走了，但他是怎么锁门的？"

"你店里没有放备份钥匙吗？也许他找到了。"

"那可真得大费周章才找得到，而且他又何必麻烦呢？尤其是我一开始根本没有把锁栓扣上啊。"

"实在说不通。"

"几乎每件事情都是这样。小心那个人行道的砌边。"

"狗屎。"

"也得小心狗屎。养狗的人现在好像都不帮他们的狗清理善后了。走路又开始变成了一种冒险。"

我们努力把轮椅推下了又一道砌边，过了又一条街，爬上对面的人行道。我们一直朝西走，过了阿宾顿广场之后，街上的车和行人明显变少了。我们经过了位于十二街和哈得孙大道的格林尼治养老院，那里有一位老绅士坐在类似的椅子上，对特恩奎斯特竖起大拇指。"别让年轻人推着你到处跑。"他对我们的乘客提出忠告，"学着自己操纵轮椅。"他见特恩奎斯特没有反应，眼睛转到我和卡洛琳身上。"老伙计有点糊涂了?"他问道。

"恐怕是这样。"

"嗯,至少你们没把这可怜的家伙丢到养老院里。"他的话里带有不少怨恨之意,"要是他什么时候清醒了,你告诉他,说我说的,他真他妈的好命,有这么乖的孩子。"

我们继续向前走,穿过格林尼治街,在华盛顿街左转。走了一个半街区之后,在银行街和贝休恩街之间有一幢仓库正在被改建成公寓。负责进行这项点石成金任务的工作人员已经收工回家了。

我停住轮椅。

卡洛琳说:"这里?"

"不比别的地方差。他们在楼梯上架了一条木板给手推车用,很适合把轮椅推上去。"

"我还以为我们可以一直走下去,走到莫顿街码头,把他连人带椅子送进哈得孙河去。"

"卡洛琳——"

"这是个古老的传统,海葬。戴维·琼斯的箱子[①]。'深在五寻[②]之下,我父长眠——'"

---

[①]戴维·琼斯,深海死神,曾在电影《加勒比海盗》中出现。相传他是古代的一个海盗,被恶魔诅咒,至今仍活在海底深处。他有一个百宝箱,凡是沉到海里的稀世珍宝,都会被收进这个箱子里。
[②]即英寻,海洋深度测量单位,一英寻相当于 1.8288 米。

"能帮帮我吗?"

"哦,当然。乐意之至。'嗯,至少你们没把这可怜的家伙丢到养老院里。'当然不了,老头儿。我们是要把这老家伙丢在一间看起来被弃置的仓库里,让青蜂侠和卜鲁托照顾他?"

"是卡托。"

"叫什么都行。我为什么觉得咱们像伯克和海尔①一样?"

"他们卖尸体,我们只是在移动一具尸体而已。"

"好极了。"

"我跟你说过我可以自己来的,卡洛琳。"

"哦,别胡说八道了。我是你的密友啊,不是吗?"

"看起来好像是。"

"而且这是我们两个的事。是我的猫把我们扯进这一团混乱里的。伯尼,我们为什么不能把他连人带椅子留在这里?我发誓,我一点也不在乎那一百块钱。"

"不是钱的问题。"

"那是什么,原则问题吗?"

"如果我们留下轮椅,"我说,"他们就会追踪轮椅的来源。"

---

①伯克和海尔,同名电影中的两个人物,影片故事发生在十九世纪的苏格兰,爱尔兰移民伯克和海尔为了发财在爱丁堡连续杀人,并把尸体卖给一个叫罗伯特·诺克斯的医生,供他进行解剖研究。

"追踪到皮特曼医疗器材供应中心?那又怎么样。我付的是现金,而且留下的姓名是假的。"

"我不知道特恩奎斯特是谁,也不知道他是怎么牵扯进蒙德里安这件事里的,但其中一定有什么关联。等到警方查出他和这件事的关联之后,他们就会到皮特曼去,问他们租轮椅的人长得什么样子。然后他们会把那个职员带到局里,让你站在他面前,跟另外四个打篮球的排在一起给他指认,你说他会指谁?"

"雷说矮子的笑话是意料中事,伯尼。我没料到你也会说。"

"我只是想指出重点。"

"你已经指出了。我只是觉得让他留在轮椅上会比较好,仅此而已。算我什么都没说,好吧?"

"好。"

我把绑在他手腕和脚踝上的电线解下来,松开他腰间的皮带,努力让他不算太弯曲地躺平在地上,然后收起了帽子、太阳镜和毯子。

回到街上后我说:"坐上来吧,卡洛琳。我推你一程。"

"啊?"

"两个人推一张空轮椅是很惹人注目的。来吧,坐上去。"

"你坐。"

"你比我轻,而且——"

"你给我闭嘴。你比我高,而且你是男的,所以要是我们两个其中有一个必须扮演特恩奎斯特,你是当然的人选。坐上去,伯尼,还要把帽子和太阳镜戴上。"她把毯子盖在我身上,一股霉味扑鼻而来。我这位密友带着狡黠的微笑,放开了轮椅的手刹。"坐好了,"她说,"把安全带系上。说矮子的笑话,嗯?我们这一路上可能会碰上几个气流哦。"

# 16

回到店里,我第一件事是先检查一下有没有人,不管是活的还是死的。没有找到任何人,也没有找到任何线索能告诉我特恩奎斯特是怎么进入我店里、又怎么会加入他那些在天上画室里的祖先们的。卡洛琳把轮椅推到店后面的房间里,我帮她折叠起来。"我会坐出租车把它送回去的,"她说,"不过我要先喝点咖啡。"

"我去买。"

"不要到那家中东烧饼店买。"

"放心。"

我带着两杯咖啡回来后,她说我不在的时候电话响过。"我本来要接的,"她说,"不过还是没接。"

"应该是明智之举。"

"这个咖啡好多了。你知道我们应该怎么做吗?在你这里或我那里弄一台那种机器,这样就可以整天都有新鲜咖啡喝了。那种插上电就会滴咖啡的玩意儿。"

"甚至还可以再弄个电磁炉和咖啡壶。"

"是啊。当然啦,这样你就得整天给顾客倒咖啡,而且也永远摆脱不了基希曼了。他会阴魂不散地天天在这里。我刚才真的是把他恶心得吓跑了,是不是?"

"他生怕跑得不够快。"

"嗯,我就是要他这样。我想我说得越恶心,他就会跑得越快。我本来是想等他走掉的,你知道,想着只要我一直不出来,他可能就会走,但看起来他不上厕所是不会走了,所以——"

"我都差点跑了。你恶心的不止他一个。"

"哦,对。你不知道我是编的。"

"当然不知道。我不知道里面有个死人。"

"也许我说得太详细了。"

"别担心。"我说,这时电话响了。

我接起电话,沃利·亨普希尔说:"伯尼,你还真难找。我以为你弃保潜逃了呢。"

"我不会做这种事的。我在哥斯达黎加没有认识的人。"

"哦,你这种人不愁交不到朋友。听着,关于这个蒙德里安你知道多少?"

"我知道他是荷兰人。"我说,"一八七二年出生在一个叫作阿姆斯福特之类的地方。你也许记得,他一开始是画写实风景画的。随着他逐渐找到自己的风格,他的艺术日趋成熟、作品也越来越抽象。到了一九一七年——"

"这是在干什么，美术馆演讲吗？翁德东克公寓里有一幅画不见了，价值将近五十万美元。"

"我知道。"

"在你手上？"

"没有。"

"要是你能交出这幅画，可能会有点用处。这样我们就至少还有个讨价还价的筹码。"

"要是我把克雷特法官交给他们呢，"我说，"或者癌症疗法。"

"画真的不在你手上？"

"不在。"

"那在谁手上？"

"或许在杀他的那个人手上。"

"你没有杀人，也没有偷东西。"

"对。"

"你只是去那里留下指纹而已。"

"显然是这样。"

"疯子。这样你接下来该往哪儿走呢，伯尼？"

"原地打转吧。"我说。

我挂上电话，进到后面的房间里，卡洛琳跟着我。书桌旁有个类似橱柜的东西，里面满是我没来得及丢掉的东西，另外我还放了一件T恤和一些跑步用的装备。我打开柜子,把东西找出来,然后脱下身上的衬衫。

"喂。"她说,"你在干什么?"

"脱衣服。"我边说边解开裤子的皮带,"你觉得我在干什么?"

"天哪。"她说着转过身去,"如果这是个含蓄的暗示的话,我心领了。首先我是同性恋,其次我们是好朋友,而且——"

"我要去跑步,卡洛琳。"

"哦。跟沃利一起去?"

"不跟沃利一起去。我要到华盛顿广场好好跑一圈,让脑子清醒一点。现在我脑子里一团乱麻。谁都冒出来跟我要一幅我从来没碰过的画。他们都要我把它弄到手。基希曼闻到了赏金的味道,沃利闻到了一大笔律师费的味道,至于其他人闻到什么我就不知道了,八成是油画颜料的味道吧。我要去跑一跑,把脑子里的这团乱麻解开,也许就可以开始看出一些事情的端倪了。"

"那我呢?你在模仿阿尔贝托·萨拉查①的时候我该做什么?"

"你可以把轮椅拿去还了。"

"是啊,这事我迟早都得做,不是吗?伯尼?不知道会不会有哪个看到你坐轮椅的人认出你在华盛顿广场跑

---

① 阿尔贝托·萨拉查(Alberto Salazar, 1958— ),生于古巴的美国马拉松选手。

步。"

"希望不会。"

"听着,"她说,"要是有人说什么,就说你去了卢尔德①。"

华盛顿广场公园是长方形的,四边的人行道总长大约八分之五英里,也就是一公里左右。如果你步行的话,会觉得路面是平的,但跑步的时候就会明显感觉出来有坡度,如果你跟几乎所有人一样顺着逆时针方向跑,就会在公园南侧往东前进的时候感觉到斜坡。我跑第一圈的时候很明显地感觉到了坡度,因为我的腿还因前一天在中央公园遭受的酷刑而隐隐作痛,但后来就感觉不出什么了。

我穿着蓝色尼龙短裤、黄色背心和酒红色慢跑鞋,有一刻我发现自己在想,不知道蒙德里安会不会喜欢我的装束。我的结论是猩红色球鞋会比较适合他,或者朱红色,就像那画廊的名字。

我跑得很慢、很轻松。很多人从我旁边跑过,但就算扶着铝质助步器的老太太从我身边呼啸而过,我也不在乎。我只是专心地轮流移动两只酒红色的脚,差不多到第四圈的时候,我的心思就不知道飘到哪里去了,后来我想

---

①卢尔德,法国西南比利牛斯山脚下的一座城市,传说圣母曾在此显灵,人们相信该处的地下泉水有神奇疗效。

我又跑了三圈，不过我没有数。

我没有想蒙德里安，或者他的画，或者那些想要他的画的疯子。我其实什么都没想，跑完四英里之后，我到公园西南角，从一个在下棋的人那里拿回我托他保管的那个塑料袋。我谢过他，朝西慢慢往阿伯巷走去。

卡洛琳不在家，于是我用带在身上的工具进入了她的公寓楼，然后进入她家。门厅的锁是小事一桩，其他的锁则不然，于是我想，不知是哪个古怪的恶棍撬开了这些锁，却没留下半点蛛丝马迹，而且既然他这么厉害，为什么不干脆自己去把休利特美术馆的那幅蒙德里安偷出来算了。

我进屋把门锁上，脱下衣服冲个澡，这才是我到阿伯巷来的目的。我擦干身体，换上我在跑步之前穿的衣服，把湿淋淋的短裤和背心挂在浴帘的杆子上。然后打开冰箱找啤酒。没找到，我做了个鬼脸，用饮料粉泡了一杯冰红茶。喝起来正是意料中的味道。

我做了个三明治吃了，然后又做了一个，正吃着，外面有个家伙突然狠踩刹车、猛按喇叭，于是尤比跳到窗台上去一探究竟。我看着它把头伸出铁窗，胡须正好扫到两边的铁条，这让我想起阿齐的胡须，还很不寻常地为那只可怜的猫感到难过。已经死了两个人，我被控谋杀了其中一个，而且很可能还会被控谋杀另一个，而我脑子里却只想着卡洛琳的猫一定很孤单凄凉。

我查了一个电话号码，拿起话筒拨号。铃响第三声的时候,丹妮丝·拉斐尔森接了电话,我说:"我是伯尼,我们从来没通过这个电话。"

"有意思,但我倒记得很清楚,好像就是昨天的事一样。"

"关于一个叫特恩奎斯特的艺术家,你知道多少?"

"你就为这个打电话来?问我对一个叫特恩奎斯特的艺术家知道多少?"

"正是。他差不多六十岁,头发和山羊胡子一样偏红色,牙齿很糟糕,衣服全是二手店买的。脾气不太好。"

"他在哪里?我想我要嫁给他。"

丹妮丝有一阵子是我的女朋友,后来颇为突然地变成了卡洛琳的女朋友,不过也没维持多久。她是个画家,在西百老汇有个叫作窄廊画室的地方,是她的住处兼工作室。我说:"事实上,有点来不及了。"

"他怎么了?"

"你不会想知道的。听说过他吗?"

"应该没有。特恩奎斯特。他除了姓之外有名字吗?"

"应该有吧。大部分的人都有,除了特雷法尼亚人之外。也许他没有姓,特恩奎斯特就是他的名字,很多人都是这样的,比如希尔嘉德、崔姬。"

"比如利伯雷斯。"

"那是姓。"

"哦,对。"

"特恩奎斯特听起来耳熟吗？"

"连三分熟都不到。他是哪一种画家？"

"死掉的那种。"

"那正是我担心的事。嗯，他不缺同伴。伦伯朗、埃尔·格列科、乔托、波希——这些人也都死了。"

"我们从来没通过这个电话。"

"什么电话？"

我挂上话筒，在曼哈顿的电话簿里查特恩奎斯特，只有一个，叫麦克·特恩奎斯特，住在东六十几街。事情从来不会这么简单，而且他的打扮绝对和那个地址不搭，但管他呢。我拨了那个号码，几乎立刻就有一个男人接起了电话。

我说："麦克·特恩奎斯特？"

"我就是。"

"抱歉。"我说，"我一定是打错了。"

管他呢。我又拿起了话筒，拨了九一一。接电话的是个女人，我说："华盛顿街的一个建筑工地上有一具尸体。"然后我把详细地址告诉了她，她想问我什么，但我没让她说完。"对不起，"我说，"我是那种不想卷进什么事情的人。"

当钥匙插进其中一个门锁的时候，我正迷失于什么东西之中,可能是思绪吧。钥匙转动的声音重复了几次,因为有人接着在开另外两把锁,我花了两秒钟想如果来者不是卡洛琳的话我该怎么办。说不定是那个纳粹又来偷另一只猫了。我环顾四周,没看到尤比,然后门打开了,我转过身看见卡洛琳和埃尔斯佩丝·彼得斯。

只不过那不是埃尔斯佩丝·彼得斯,只要再看一眼就很明白了。但我看得出来我的密友为什么要多看一眼那个姓彼得斯的女人,因为她们的确长得很像。

我也看得出来她为什么要多看这个女人不止一眼,她显然就是那个搞税务的艾丽森。她至少和埃尔斯佩丝·彼得斯一样吸引人,至于彼得斯小姐身上那种很适合旧式女诗人和二手书的不食人间烟火的气质,在艾丽森身上则换成了一股脚踏实地的力量。卡洛琳介绍我们认识——"艾丽森,这是伯尼·罗登巴尔。伯尼,这是艾丽森·沃伦。"——艾丽森则用坚定有力不轻浮的握手方式证明了她在政治和经济方面作为女同性恋的资格。

"我不知道你要来。"卡洛琳说。

"哦,我是来借用洗澡间的。"

"对了,你刚才在跑步。"

"哦,你慢跑吗?"艾丽森说。

我们谈了一些这方面的益处。卡洛琳去煮咖啡,艾丽森坐在沙发上,尤比跑出来坐在她腿上。我走到炉子旁,卡洛琳正忙着弄咖啡。

"她人很好吧?"她小声说。

"棒极了。"我也小声回答,"把她弄走。"

"你一定是在开玩笑。"

"不是。"

"看在上帝的分上,为什么?"

"我们要到美术馆去。休利特。"

"现在?"

"现在。"

"哦,我才刚刚把她带回来。她坐得舒舒服服的,腿上还趴了一只猫。我至少该给她一杯咖啡吧。"

"好吧。"我说,声音仍然很小,"我先走了。你尽快出来,到休利特门口和我碰面。"


我递过去两张一美元的纸币和两个二十五美分的硬币,那位休利特的职员颇为好心地指出,他们不到一个小时就要关门了。我跟他说没关系,然后接过了一个小别针。这段对话让我清楚地记起了已故的特恩奎斯特先生,还有他口沫横飞、激动不已地对我们发表的那段关于艺术的宏论。先前为了带着他的尸体满街跑,然后弃置,我想我是把他身上"人"的因素抽离了,而且这么做也是必需的。但现在我重新把他当作一个人来看——任性、说话不客气、性格鲜明,这让我对他的死感到很难过,更难过的是，我在他死后还把他当作一出恐怖闹剧的道具。

这种感觉很令人沮丧，我甩开它，走向楼上挂着那幅蒙德里安的画廊。进门的时候，我对穿着制服的守卫敷衍地点了点头。我有点期望在墙上原本挂着《色彩构图》的地方看到一块空白，或者看到另外一幅画，但蒙德里安仍在它该在的地方，我很高兴再次看到它。

半小时后，有一个声音在我耳边说："嗯，画得不错，伯尼，但我不认为这能骗过很多人。要让铅笔素描看起来像油画是很困难的。你在干什么？"

"给这幅画画张素描。"我说，眼睛仍然盯着我的笔记本，"我在估算尺寸。"

"这些字母代表什么？哦，颜色，对吗？"

"对。"

"这么做有什么用？"

"我不知道。"

"楼下那个人不打算收我的钱。说这个地方马上就要关门了。我就给了他一块钱。我们要偷这幅画吗，伯尼？"

"是的。"

"现在？"

"当然不是。"

"哦。什么时候？"

"我不知道。"

"我想你也不知道我们要怎么偷吧。"

"我正在努力。"

"努力的方式就是在你的笔记本上画画?"

"狗屎。"我说着啪的一声合上笔记本,"我们走吧。"

"对不起,伯尼。我不是有意要烦你的。"

"没关系,我们走吧。"

我们走了两个街区,在麦迪逊大道上找到一家叫作格罗约斯基的酒吧。那里灯光柔和,地毯很厚,铬和黑色合成树脂的装潢,墙上有些小孤女安妮的壁饰。有一半的客人都在豪饮着他们下班后的头几杯酒,另外一半的人看起来则像是午餐之后就没回去上班。每个人都在感谢上帝,今天是星期五。

"这地方很好。"我们坐进雅座的时候卡洛琳说,"灯光昏暗,气氛愉快,有笑声、有冰块的叮当声、点唱机上还有一张佩吉·李[①]的唱片。我在这里很快乐,伯尼。"

"女招待也很俏。"

"我注意到了。这地方哪儿都比饶舌酒鬼强,只可惜离我的店太远了。"女招待出现了,俯身的姿势令人印象深刻。卡洛琳给了她一个最卖力的微笑,迅速点了一杯马提尼。我点的是可口可乐加柠檬。女招待微笑着离开了。

---

① 佩吉·李(Peggy Lee, 1920—2002),二十世纪四十年代当红女歌星,是美国爵士及流行乐坛最具代表性的女声之一。

"为什么?"卡洛琳质问道。

"你说什么?"

"为什么是可口可乐加柠檬?"

"这样才不会太甜。"

"为什么点可乐?"

我耸耸肩。"哦,我不知道。我猜我现在不想喝巴黎水吧。而且我想我需要一点糖分激增和咖啡因的攻击。"

"伯尼,你是故意装作没听懂是不是?"

"嗯?哦。你是问我为什么不喝酒?"

"对。"

我又耸耸肩。"没什么特别的理由。"

"你要试着闯进美术馆?这太疯狂了。"

"我知道,我也没打算要试。但不管我做什么,今晚都不会太好过,所以我想我要保持最佳状态。就是这样。"

"我自己呢?我想我还是喝两杯比较好。"

"也许。"

"何况我再不喝一杯的话就活不过十分钟了。啊,酒来了。"我们的饮料出现时,她说,"你可以叫酒保动手再调一杯了,"她告诉女招待,"因为我不想超前他太多。"

"再喝一轮。"

"只是再来一杯马提尼。"她说,"他那杯是要小口小口喝的。你妈妈没告诉过你吗?会冒泡泡的东西不要喝得太大口。"

我把柠檬挤进可乐里，搅一搅，啜了一口。"她的笑声很棒。"卡洛琳说，"我喜欢有幽默感的女孩。"

"还有一副很好的——"

"那也是。曲线是有很多优点的，即使你那位朋友蒙德里安不相信这个。直线和原色。你认为他是天才吗？"

"大概是。"

"不管天才是什么。要在墙上挂东西的话，我觉得我那幅夏加尔的石版画要好多了。"

"真有意思。"

"什么事？"

"之前，"我说，"我站在那幅画前面的时候，还在想它挂在我公寓里看起来一定很棒。"

"挂在哪里？"

"沙发上方。算是在沙发正上方吧。"

"哦，是吗？"她闭上眼睛想象着，"我们刚刚看到的那幅画？还是你在翁德东克公寓里看到的那一幅？"

"嗯，是我们刚刚看到的那幅。但另外一幅的概念是一样的，大小也差不多，所以那幅也可以。"

"沙发上方？"

"对。"

"你知道，挂在你的公寓里可能还不错。"她说，"等这团乱麻都清理完了，你知道你需要做什么吗？"

"知道。"我说，"差不多一到十。"

"一到十?"

"年。坐牢。"

"哦。"她说,轻松地一挥手,似乎这样就勾销了整个刑罚体系,"我是说真的,伯尼。等到事情都解决了,你就可以坐下来自己画幅蒙德里安,挂在沙发上方。"

"哦,得了吧。"

"我是说真的。面对事实吧,伯尼。老彼埃画的那东西看起来没那么难。好吧,他是天才,因为他是第一个想到要这么画的人,他的比例和用色都才华横溢、完美无缺、富于哲学含意,如此这般,但这又怎样?如果你只是想弄一幅一样的画挂在你家,那么照着他的尺寸和颜色画一幅会有多难?我是说,这又用不到绘图技巧,没有光影、没有质地的变化。只是一张白色的画布,上面有黑线条和色块。要画这个,用不着在艺术学生联盟耗上十年,对吧?"

"真是异想天开。"我说,"做起来很可能比看起来难得多。"

"每件事都是做起来比看起来难。帮一只狮子狗梳毛看起来也很难,但这不需要天才,你那张素描在哪里?你难道不能根据那个尺寸,把它画在画布上吗?"

"我可以用油漆滚筒在墙上涂。最多也就这样了。"

"你为什么要画那张素描?"

"因为有太多幅画了,"我说,"而且除非它们并排放在一起,否则我没办法分辨哪幅是哪幅。蒙德里安就是蒙德里安,我想素描可能对辨认会有帮助——如果我有机会看到除了休利特那幅之外的画。我没办法做。"

"没办法做什么?"

"没办法画一幅假的蒙德里安。我不知道该怎么下笔。那些黑色的线条都直得像刀切的一样。那该怎么画?"

"我想需要手很稳吧。"

"一定不只这样。而且我也不知道怎么买颜料,更不要说调色彩了。"

"你可以学啊。"

"如果是画家就办得到。"我说。

"当然,如果你懂得技巧,然后——"

"可惜我们没在特恩奎斯特死之前碰上他。他是画家,而且他很景仰蒙德里安。"

"哦,纽约又不是只有他一个画家。如果你想挂一幅蒙德里安在沙发上方,又不想自己画,我相信你一定找得到人来——"

"我说的不是要弄一幅蒙德里安挂在我的公寓里。"

"不是?哦。"

"对。"

"你的意思是——"

"对。"

"该死的,女招待到哪儿去了?这里渴得要死人了。"

"她来了。"

"很好。我不认为会成功的,伯尼。我说的是弄幅挂在你沙发上会好看的东西,不是可以骗过专家的东西。何况,我们要到哪里去找一个我们能信任的艺术家?"

"这倒是。"

女招待来了,把新的一杯马提尼放在卡洛琳面前,瞥了一眼我那杯还剩一半的可乐。或者说只剩一半——如果你是个悲观的人的话。

"太完美了。"卡洛琳说,"我敢说你以前一定是护士,对不对?"

"这不算什么。"她说,"这应该是秘密的,但我知道你不会告诉别人。那个酒保以前是脑外科医生。"

"他的技术还在。还好我有健康保险。"

女招待再度笑着退开,卡洛琳的眼神也跟着她跑走了。"她很可爱。"我的犯罪合伙人说。

"可惜她不是画家。"

"应对巧妙,个性又好,还有一对美丽的轮胎。你认为她是同性恋吗?"

"希望之火永不熄灭,是不是?"

"人家是这么说的。"

"不管同性恋还是异性恋,"我说,"我们需要的是一个画家。"

整间屋子似乎静了下来,就像有人提到了E.F.赫顿①的名字。只不过别人当然还是在讲话，只是我们突然充耳不闻了。卡洛琳和我都愣住不动，然后视线慢慢地转向对方，眼睛睁得大大的对视着。过了好半天，我们异口同声地说了出来。

"丹妮丝。"

---

① E. F. 赫顿（E. F. Hutton, 1875—1962），美国金融家。

# 17

"拿着这个。"丹妮丝·拉斐尔森说,"你知道,我已经记不得上一次自己绷画布是什么时候的事了。现在谁还这么麻烦啊?大家都买现成绷好的画布,方便多了。当然了,我这儿很少有顾客对尺寸的要求会精确到以厘米来计算。"

"公制度量衡是大势所趋嘛。"

"嗯,你知道我总是说,'你说公克人家就说公斤'。这应该很接近了,伯尼,如果有人拿尺子来量,那他之前一定已经用过六种方法来确认这不是真货。不过尺寸会非常接近的,也许只差一两毫米。你还记不记得有个牌子的香烟广告说,他们的产品比别的牌子长一毫米?"

"记得。"

"不知道那个香烟后来怎么样了。"

"大概被人抽掉了吧。"

丹妮丝自己也在抽着烟,或者该说是把烟放在她用来当烟灰缸的扇形贝壳上，让它自己烧。我们正在她家动手绷画布。我们指的是丹妮丝和我。卡洛琳没和我一起来。

丹妮丝手脚修长、身材苗条，一头深棕色的鬈发，淡色的肌肤上略有些雀斑。她是个小有成就的画家，足以养活她和她的儿子杰瑞德，不时也接到杰瑞德父亲寄来的教育费支票。她的作品抽象，非常鲜明、强劲、充满活力。你也许不喜欢她的画，但若想忽略它们却也做不到。

再想想，其实她这个人也是如此。丹妮丝和我都喜欢异国风味的菜肴、发人深省的爵士乐还有俏皮话斗嘴，有两年的时间我们不时跟对方做做伴。卡洛琳是少数让我们意见相左的事情之一，丹妮丝假装很看不起她。然而有一天，丹妮丝和卡洛琳展开了一段恋曲。这段恋情持续的时间不长，结束之后卡洛琳就再也没和丹妮丝见过面，我也是。

我可以说我不了解女人，但这有什么好奇怪的？没人了解女人。


"这是石膏。"丹妮丝解释道，"我们希望画布平滑，所以要把这涂上去。来，拿着刷子。对，就这样。平整均匀地刷一层。诀窍就在手腕，伯尼。"

"这是干什么的？"

"它会干的。这是丙烯酸石膏，所以会干得很快。然后你要打磨它。"

"打磨它?"

"用砂纸。轻轻地。然后再涂一层石膏,再磨一次,然后涂第三层石膏,再磨一次。"

"而你则将在对岸?"

"正是。准备策马到每一个什么什么的城镇村庄,让人们惊慌失措。"

"米德尔塞克斯的每座村庄。"我把朗费罗①的原句说出来。米德尔塞克斯这个词好像悬在我们之间的空气中。"这个词是从'中撒克逊'来的。"我说,"按照撒克逊人在英格兰定居的地区而定。埃塞克斯是东撒克逊人,苏塞克斯是南撒克逊人,还有——"

"可以不用再讲下去了。"

"好吧。"

"'双性恋的每座村庄。'我想北撒克逊人则是'没有性'②了,嗯?"

"我认为我们不用再讲下去了。"

"这就像伤口的痂,不抓不快。我看看能不能找到一本里面有那张画的书。《色彩构图》,一九四二。天知道他

---

①朗费罗(Henry Wadsworth Longfellow, 1807—1882),美国诗人。
②米德尔塞克斯、埃塞克斯、苏塞克斯皆为英格兰地名,分别与中撒克逊人、东撒克逊人、南撒克逊人的发音相近,但米德尔塞克斯(Middlesex)一词亦可理解为"中间"(middle)与"性"(sex)两个词的组合,使人联想到丹妮丝的双性恋倾向;"没有性"(no sex)字尾与前三个地名相同,又与北撒克逊人(North Saxons)发音相近,因此丹妮丝用来说俏皮话。

有多少幅画是用这个名字的。我认识一个住在哈里森街的极简抽象派艺术家,他每一幅画都叫作一〇四号构图。这是他最喜欢的数字。要是他真出了名,搞艺术史的人要想把顺序都搞清楚的话可有得挠头了。"

我正在打磨第三层石膏的时候,她拿着一本叫《蒙德里安和风格派艺术》的书走了回来,翻到很后面的一页,我们在休利特看到的那幅画就在上面。"就是这一幅。"我说。

"颜色如何?"

"什么意思?这些颜色涂的地方不对吗?我以为你会拿着我的素描去看。"

"是啊,那张素描画得很好。你从事盗窃真是艺术界的损失。伯尼,画册上的图片永远是不完美的。油墨不可能百分之百复制出颜料的色彩。这些颜色比起你在那幅画上看到的颜色如何?"

"哦。"我说。

"怎么样?"

"我没那种眼力,丹妮丝,也没有那种记忆力。我想这看起来就差不多了。"我伸直手臂把书本拿远,倾斜着让光线照到,"底色比我记忆中的要深。现实——我本来要说现实生活中的底色比较白,但我不是这个意思。你知道我的意思。"

她点点头。"蒙德里安用的是灰白色。他在白色里面加了一点点蓝、一点点红、一点点黄。我大概可以调出一个看起来还算可以的颜色。我希望这东西不会需要骗过专家。"

"我也是。"

"让我看看你的石膏弄得怎么样了。不错。我想我们现在要涂上一两层白色,做出那种平滑画布的效果,然后再加一层掺了别的颜色的白,然后——我真希望我有比如说两个星期的时间来弄这东西。"

"我也是。"

"显然,我得用丙烯酸,液体的丙烯酸。他用的是油彩,但他画的时候可没有哪个神经病在旁边要他几个小时之内就完工。丙烯酸干得很快,但和油彩不一样,所以——"

"丹妮丝?"

"怎么了?"

"把自己逼疯也没有用。我们尽力而为就行了,好吗?"

"好吧。"

"我有几件事要做,不过做完之后可以再回来。"

"这里我一个人就行了,伯尼,不需要人帮忙。"

"哦,我刚才在给画布涂石膏的同时也在思考。有些事情我是可以同时做的。"

"但一幅画布一次只能有一个人画。"

"这我知道。你看这样如何。"

我把我的想法告诉她。她边听边点头,我讲完之后她什么也没说,只是停下来点了根烟,直到抽得几乎只剩下滤嘴了才开口。

"听起来很复杂。"她说。

"我想大概是吧。"

"很复杂。我想我知道你打算怎么样,但我有种感觉,我还是不要知道太多的好。可以吗?"

"可以。"

"我想我需要点音乐。"她说着又点起一根烟,打开了收音机。收音机的频道定在一个调频爵士乐电台。我听出了正在播放的那张唱片,是兰迪·韦斯顿[①]的钢琴独奏录音。

"勾起不少回忆。"我说。

"可不是吗?杰瑞德到朋友家去了,一个小时之内就会回来。他可以帮忙。"

"好极了。"

"我爱极了休利特美术馆。当然杰瑞德恨死了那地方。"

---

[①] 兰迪·韦斯顿(Randy Weston, 1926— ),美国爵士钢琴家、作曲家。

"为什么？"

"因为他是孩子。而孩子是不能进去的，记得吗？"

"哦，对。即使有大人陪着都不行吗？"

"即使有橄榄球队的彪形大汉陪着都不行。十六岁以下一律不准进入，没有例外，毫不通融。"

"这看起来的确有点蛮不讲理。"我说，"这个城市里的小孩该怎么培养欣赏艺术的眼光呢？"

"哦，真是太困难了，伯尼。除了大都会博物馆、现代艺术博物馆、古根海姆博物馆、惠特尼美术馆、自然史博物馆还有几百家私人艺廊之外，纽约的年轻人完全没有文化资源可以利用。真是人间地狱啊。"

"要是我不够了解你的话，还以为你是在说反话呢。"

"我？绝对不可能。"她吸着香烟，"我跟你说，到那里去，如果没被几百万个小孩淹没，那真是太愉快了。还有校外教学的班级，一个脑筋有问题的老师用八十分贝的声音解释马蒂斯在想什么，三十个小孩则坐立不安、无聊得要命。休利特是给大人参观的美术馆，我就爱它这一点。"

"但杰瑞德不爱它。"

"等他满十六岁之后就会爱了。至于现在，那个地方有着禁果一般的诱惑力。我想他一定深信那里有全世界最丰富的情色艺术收藏，所以才不准他进去看。至于我喜欢那个地方，除了没有小孩这一点之外，是因为他们挂画的方式。该说吊还是挂?"

"随便。"

"挂。"她果断地说,"杀人凶手才会被吊死,至少以前是这样。画和男模特是用挂的。休利特的画和画之间有很大的空间,让人可以一次只看一幅。"她别有深意地看着我。"我的意思是,"她说,"我对那地方有特别的感情。"

"我了解。"

"再跟我保证一次这件事是有崇高目标的。"

"你会帮助赎回一只猫,而且让一个二手书商不用坐牢。"

"我才不管那个书商。是哪只猫?那只暹罗猫?"

"应该说缅甸猫。阿齐。"

"对。友善的那只。"

"它们两只都很友善。只是阿齐比较外向。"

"还不是一样。"

兰迪·韦斯顿换成了奇克·科里亚[①],接着是一个声音缺乏专业训练的年轻人在播报新闻。第一条新闻跟某个限制武器谈判的进展有关,也许对全世界都很重要,但我必须承认我没注意听,然后那个大嘴巴又告诉我们说警方接获匿名线报,在西村一间仓库里找到了一具尸体,死者是

---

①奇克·科里亚(Chick Corea, 1941— ),美国的爵士乐大师,他的音乐大大丰富了爵士乐舞台,他的风格几乎影响到每一位现代爵士乐音乐家。

埃德温·P.特恩奎斯特。特恩奎斯特心脏被刺,凶器可能是冰锥。他是个画家、现代的放浪艺术家,曾经与早期的抽象表现主义者一起在那间叫作杉木客栈的老店活动,遇害前住在切尔西一间小得不能再小的公寓里。

这就已经很多了,但他还没说完。本案的主要嫌疑犯,他补充道,是一个叫作伯纳德·罗登巴尔的曼哈顿书商,曾有数次盗窃前科。两天前,罗登巴尔才被控杀害住在时髦昂贵的查理曼大帝公寓的戈登·凯尔·翁德东克,目前交保候传。警方认为罗登巴尔是在行窃的过程中杀害了翁德东克,但并未透露他杀特恩奎斯特的动机。"或许,"那个小浑蛋猜测道,"特恩奎斯特先生知道得太多了,因此惹上杀身之祸。"

我走过去关上收音机,接下来的沉默像撒哈拉沙漠一样无边无际,最后才被打火机的声音打破,因为丹妮丝又点起一根烟。她在一团烟雾后面说:"特恩奎斯特这个名字听起来有点耳熟。"

"我猜也是。"

"他叫什么名字——埃德温?我还是没听说过他。除了在我们从来没通过的那个电话里之外。"

"呃。"

"你没杀他吧,伯尼?"

"没有。"

"也没杀另外那个人?翁德东克?"

"没有。"

"但你在这件事里已经陷得深入到眼珠子了,是吧?"

"深入到发际线了。"

"而且警察在找你。"

"看起来好像是这样。他们,呃,找不到我会比较好。前两天为了交保,我的现金已经用光了。不知道这次还会有哪个法官会让我交保候传了。"

"而且要是你被关进瑞克岛上的监狱,还怎么能伸张正义、逮捕凶手、解救小猫呢?"

"对。"

"他们是怎么称呼我这种行为的?事后从犯?"

我摇摇头。"非故意从犯。你从来没打开过收音机。要是我脱身,你就不会有任何罪名了,丹妮丝。"

"要是你脱不了身呢?"

"呃。"

"当我没问过。卡洛琳怎么样?"

"卡洛琳?她不会有事的。"

"人生的变化真是奇妙。"

"嗯哼。"

她用手指点了点画布。"休利特的那幅没有裱框?只是把画布绷起来?"

"对。构图延伸到边缘。"

"哦,他有时候会这样画。不是总这样画,但有时候会。整件事都很疯狂,伯尼。这点你也知道,是吧?"

"是啊。"

"但是,"她说,"也许会成功的。"

## 18

我离开窄廊画室时,差不多十一点。丹妮丝好心要让我睡沙发,但我不敢接受。警察在找我,我不想待在任何他们会想得到的地方。知道我去找丹妮丝的人只有卡洛琳,而且除非他们点火烧她的指甲,否则她是不会说的,但万一他们真的这么做了呢?而且她可能会在不经意间告诉了某个朋友——比如艾丽森——那个朋友也许不会守口如瓶。

在这件事情上,警方或许根本不需要别人提供消息。雷知道丹妮丝以前和我交往,如果他们例行公事去查所有已知的嫌犯关系人,那可就完蛋了。

至于现在,应该还没彻底完蛋,我还流落街头。再过一小时左右,午夜之前印好的早报《每日新闻》也会送到街头上来,上面很可能会有我的照片。目前我仍然是个籍籍无名的普通人,但我一点也不觉得自己籍籍无名;走在SOHO区,我发现自己寻找着阴影,躲避想象之中行人瞪视的目光。又或许那些目光不是我想象出来的。只要你一直走在阴影里躲躲藏藏的，别人自然就会瞪着你看了。

我在伍斯特街上找到了一个电话亭。它跟一般的公用电话亭大不相同，是真的电话亭，有一扇可以关起来的门，不是那种改良的新设计，让你暴露在风雨中或烈日下。这种电话亭已经很罕见了，以至于有的市民认不出它是什么，把它误当成了公厕来使用。我的选择是以隐私而非舒适为重，于是进去关上了门。

我关上门的时候，头上亮起了一盏小灯——我是说真的灯，不是像漫画里那种。我把上方装置的螺丝拆下来两颗，取下一片半透明的塑胶，把灯泡转松一点，然后再把塑胶片放回去，拧上螺丝。现在我不再被照得亮晃晃的了，我觉得这样很好。我打到查号台，然后拨了查来的电话号码。

我查的是雷·基希曼挂帽子的那个分局，只不过他不会挂，因为他总是在屋里，还戴着帽子。他不在局里。我又拨了一次查号台，查到他家里的电话。他太太接的，没问我姓名就叫他来接了。他说："喂？"然后我说："雷？"然后他说："天哪，还真是时候。你得停止杀人了，伯尼。这是个坏习惯，谁知道会有什么下场呢，你明白我的意思吗？"

"我没有杀特恩奎斯特。"

"是啊，你连听都没听说过他。"

"我没有这么说。"

"很好,因为他口袋里有一张纸片,上面写着你的名字和你书店的地址。"

这可能吗?我搜那具尸体的衣服口袋时,难道漏掉了这么能给我套上罪名的东西?我疑惑着,然后记起了一件事,闭上了眼睛。

"伯尼?你还在吗?"

我没有搜他的口袋。我只是急于摆脱他,甚至都没有花五分钟去翻翻他的衣服。

"反正,"他继续说道,"我们在他房间里找到了一张你的名片。除此之外,找到尸体后不久我们就接到了一个提供线索的电话。其实我们一共接到两个电话,如果都是同一个人打的我也不会意外。第一个电话告诉我们尸体在哪里,第二个说如果我们想知道谁杀了特恩奎斯特,就该去问一个叫作罗登巴尔的人。所以,我要问你。伯尼,是谁杀了他?"

"不是我。"

"嗯哼。我们让你这种人交保,结果你除了犯更多的罪还做了什么?我可以理解翁德东克那个大个子的情况可能是失控,你不得不打他,不料下手太重。但拿冰锥戳特恩奎斯特这样一个老头,实在是很卑鄙。"

"不是我干的。"

"那我想你也没有搜他的房间了。"

"我连他的房间在哪儿都不知道,雷。我打电话给你,其中一个原因就是向你要他的地址。"

"他口袋里有身份证。你本可以从上面找到住址的。"

狗屎,我想。除了我的手之外,所有的东西都进了特恩奎斯特的口袋。

"好了,"他说,"你要他的地址干什么?"

"我想或许我可以——"

"去搜他的房间。"

"嗯,对。"我承认,"去找出凶手。"

"有人已经把他的房间翻遍了,伯尼。如果不是你的话,那就是别人。"

"嗯,那绝对不是我。你们在那里找到了我的名片,不是吗?我搜死人的房间时,是不会特地留下名片的。"

"你也不会特地杀人。也许你吓坏了,于是变粗心了。"

"雷,这话连你自己都不信。"

"是啊,我想我是不信。但你已经被全面通缉了,伯尼,你的保释被撤销,而且你最好出来投案,否则你的麻烦就大了。你现在在哪里?我来带你,你可要乖乖投降,不要找麻烦。"

"你忘了悬赏的事了。如果我进了监狱,还怎么弄到那幅画?"

"你认为你有机会弄到?"

"我想是的,我有。"

他停顿了很长一段时间,他的骄傲在和贪婪交战,取舍着是该逮捕重大嫌疑犯,还是该选择那笔不一定能拿到的一万七千五百美元。"我不喜欢电话。"他说,"也许我们该当面谈。"

我正要开口,一段录音切了进来,告诉我三分钟到了。我挂断电话的时候它还在唠叨个不停。


四十二街上连一部能看的电影都没有。这条街上在第六和第八大道之间有八九家电影院,不是在放色情片,就是在放诸如《德州电锯杀人狂》或《被旅鼠生吞活剥》之类的电影。嗯,这也有道理。要是去掉了性和暴力,又怎么能知道时报广场处于世界的中心枢纽呢?

我选了第八大道附近一家连映两部功夫片的电影院。我以前从来没看过功夫片,现在印证了我看法的正确。但电影院里光线很暗而且人很少,我又想不到有什么更安全的地方可以消磨几小时。要是警方真的费了工夫,那么我的照片现在已经发送到各家旅馆去了。报纸也随时就要开始卖了。睡在地铁站是可以,但交通警察会注意我,而就算他们不注意我,我也还是会觉得窝在铁轨上都比那样安全。

我选了靠边上的位子,就坐在那里看着银幕。片子里的对话不多,只有人们胸口被踢或飞出玻璃窗时发出的音效,观众一般也相当安静,只有当某个角色死得特别难看的时候——这种情况不时会发生——他们会发出轻微的赞叹声。

我坐在那里看了一会儿,时睡时醒。银幕上放的可能是原来那部片子,也可能是另外一部。我让画面上的暴力把自己催眠,然后不知不觉中,我思考起了整件事情,一切都开始于一位优雅的绅士出现在我的店里、请我去给他的藏书估价。这本是一件很文明的事,我想,接下来的发展却很残酷。

等一下。

我在椅子上坐直身体,眨了眨眼,这时银幕上一个东方男子正用胳膊肘狠狠撞击一个女人的脸。我几乎没有看进去。反之,我脑海里出现的是翁德东克在他公寓门口迎接我的景象,他解开门上的链条,把门打开,让我进去。其他影像也一个接一个在我脑中的视网膜上播放,同时有十几段不同的对话片段在回响着。

有几分钟,我的思绪狂奔疾驰,仿佛我刚煮了一整壶浓缩咖啡直接注射进血管似的。过去几天里发生的所有事情突然变得明白了。同时,在我面前的银幕上,身手矫健的年轻男人灵活地跳跃着,施展出令人叹为观止的回旋踢,又劈又砍地互相痛打一顿。

我又睡着了,不久之后再度醒来,坐直身子眨了眨眼，然后记起了我刚刚想通的地方。我仔细思考一遍，觉得还是非常有道理，并且对于这一切降临在我头上的方式大感惊异。

我在过道上朝出口走去时突然想到，我也许是在梦里解开这谜团的。但就算这样，我也看不出有什么差别。不管是想到还是梦到的，都很说得通。而且不管是想到还是梦到的，我都有很多事情要做。

# 19

我站在西端大道上的一个门廊下面，看着两个慢跑的人朝着公园前进。他们跑过去之后，我稍稍探出身，眼睛直盯着我住的那幢建筑的门口。我一直看着，几分钟之后，一个熟悉的身影出现了。她走向人行道旁，嘴边晃晃荡荡地叼着那根永远少不了的香烟。一开始她朝北转去，我有点沮丧，然后她转向南走了半个街区，过街向我走来。

她就是赫施太太，住在我对面的邻居，永远不吝于提供咖啡和安慰。"罗登巴尔先生，"她说，"还好你打电话给我。我一直很担心你。你肯定不会相信那些浑球说的关于你的坏话的。"

"只要你不相信就好了，赫施太太。"

"我？当然不了。我知道你的为人，罗登巴尔先生。你做什么是你的事情——人总是要赚钱谋生的。而且你是个再好不过的邻居了。你是个好年轻人。你不会杀人的。"

"我当然不会。"

"那么我能帮你做什么呢?"

我把我的钥匙串给她,解释哪一把钥匙开哪一个锁,并告诉她我需要的东西。十五分钟后,她提着一个袋子回来,叫我小心。"大厅里有个男的。"她说,"普通打扮,没有穿制服,但我想他是个爱尔兰佬,而且看起来像个警察。"

"可能两者皆是。"

"还有,那边那辆深绿色的车子里也有两个看起来像警察的人。"

"我已经看到他们了。"

"我帮你拿了你说的那套西装,一件干净衬衫,还帮你挑了一条搭配起来很好看的领带。还有袜子和内裤,你没提,但我想带着又有什么不好呢?还有其他那些我不需要知道是什么的东西,我也不想知道你是怎么用它们来开锁的,不过你把它们放在那里真是聪明,藏在插座后面。你可以帮我装一个那样的装置来放东西吗?"

"下星期就办,如果我不用坐牢的话。"

"因为最近小偷闹得实在太凶了。你帮我装了那个很好的锁,但还是令人担心。"

"我一有机会就帮你弄个藏东西的地方,赫施太太。"

"倒不是说我家里有大钻石之类的东西,但何必冒险呢?现在可以了吗,罗登巴尔先生?"

"我想是的。"我说。

我在一家咖啡店的厕所里换好衣服，把盗窃工具塞进不同的口袋，换下的脏衣服丢进垃圾筒，英国人管这个叫字纸篓，最近是谁这么告诉过我？是特恩奎斯特，而现在他已经死了，胸口插着一根冰锥。

我在药店买了一把日抛型的刮胡刀，在另一家咖啡店的厕所里很快地使用一番，随即就把它扔了。我还在同一家药店买了一副太阳镜，和特恩奎斯特被我们推着满城跑的时候戴的那副很像。后来在我们回书店的时候，那副眼镜戴在我脸上，现在则放在我书店后面的架子上。我在两天之内到药房买了两副太阳镜，真是不寻常。通常我好几年都不会买一副太阳镜。

今天是阴天，我不确定太阳镜有帮助；它虽然遮住了我的眼睛，但同时也让我颇为引人注目。我暂且戴着它，搭地铁到十四街去。在第五大道和第七大道之间有形形色色的便宜商店，廉价出售杂七杂八的东西，商品就摆在路边。有一家店摆出一张桌子，上面堆了一大堆带度数的眼镜。想省下验光费用的人可以一副接一副地试，直到找到一副似乎有点帮助的眼镜为止。

我一副接一副地试，直到找到一副沉重的牛角框眼镜，看出去的东西似乎都不会变形。非验光佩戴的眼镜因为会反光，所以看起来总是很像舞台上的道具，但这副眼镜既能改变一些我的外貌，看起来又不太像伪装用具。我买下它，然后又到不远的一家店里试戴各种帽子，直到找到一顶看起来和戴起来都合适的灰色绅士帽。

我在一个摊子上买了一个煎饼卷和一罐可乐,试着告诉自己说这是早餐,然后打了两个电话,在第三大道和二十三街交叉口等到一辆相当破旧的雪佛兰出现。照这家伙受贿的程度,应该买得起比较时髦点的车才对。

"我一眼就看到你了,却没有认出来。"我坐进他旁边的前座时,他说,"你应该多穿西装。很好看。当然啦,你穿慢跑鞋来搭配,整体效果就毁了。"

"现在很多人都穿慢跑鞋配西装,雷。"

"很多人吃豆子的时候都用刀,但并不表示这么做是正确的。这顶帽子和这副眼镜,让你看起来像个票贩子。我应该做什么?伯尼,我应该把你带到局里。这样你就可以摆脱麻烦,我也可以得到嘉奖。"

"你难道不更想得到赏金吗?"

"你称它是赏金,我称它是可望而不可即。"他叹了一口气,一副长期受苦的样子。

"你这要求真是疯了。"

"我知道。"

"但我以前也按你的方式玩过,我得承认通常都有收获。"他看着我的帽子、眼镜和慢跑鞋,然后摇摇头。"我真希望你看起来能比较像警察一点。"他说。

"这样我看起来像是个乔装不是警察的警察。"

"哦,真是了不起的乔装。"他说,"谁都骗得过啊。"

\* \* \*

他把车停在不准停车的位置上,我们走上阶梯、经过走道。雷不时拿出警徽出示,相关人员就让我们继续前进。然后我们搭电梯到地下室去。

如果你是个来认尸的市民,他们会让你在一楼等他们把那遭遇不幸的受害者用电梯运上来。如果你是警察,他们就节省时间,让你下到地下室,然后拉开冰柜给你看一眼。为我们带路的职员是个脸色苍白的小个子,仿佛自从给查尔斯·亚当斯[①]当模特之后就没再见过阳光。他从档案里拿出一张卡片,带我们走过一间寂静的大房间,然后拉开一层冰柜。

我看了一眼说:"这个不对。"

"不可能。"那个职员说。

"那她脚指头上的标签为什么写着康赛普西翁·维莱斯?"

职员看了看标签,挠挠头。"我不明白。"他说,"这是228B,这张卡片上也写着——"他忽然指责似的看着我们,"——写着328B。"

"所以呢?"

"所以。"他说。

他领着我们走到另一个冰柜前,将它拉开,这次尸体

---

[①] 查尔斯·亚当斯(Charles Addams, 1912—1988),美国漫画家。

脚指头上的标签写的是戈登·K.翁德东克。雷和我在友善的沉默中站在那里看着。然后他问我看够了没,我说看够了,于是他让职员把冰柜关上。

上楼的时候我说:"你可不可以查查他有没有被下药?"

"下药?"

"速可眠之类的。验尸的时候看不出来吗?"

"除非有人特别留意。你碰上一个头被打烂的家伙,检查之后判定那就是他的死因,见鬼,你才不会去查他是不是也患有糖尿病。"

"叫他们查查有没有药物。"

"为什么?"

"直觉。"

"直觉?要是你看起来不那么像赛马场的贩子,我会比较信任你的直觉。速可眠,嗯?"

"或者任何一种镇静剂。"

"我会让他们去查。下一步怎么走,伯尼?"

"我们各走各的。"


我打电话给卡洛琳,任她不停地聒噪了好几分钟,直到把恐慌发泄完毕。"我需要你帮忙。"我说,"你得让他们转移目标。"

"这是我的专长。"她说,"你要我怎么做?"

我告诉了她,仔细解释了两遍,她说听起来应该对付得了。"如果有人帮你会比较好。"我说,"艾丽森能帮你吗?"

"也许。我该告诉她多少?"

"越少越好。如果有必要,就告诉她我打算从那家美术馆偷一幅画出来。"

"我可以这么告诉她?"

"如果有必要的话。同时——我在想,也许你应该把贵宾狗工厂关上几天,到她家去住。对了,她住在哪里?"

"布鲁克林高地。我为什么应该去她家,伯尼?"

"这样警察才找不到你,没法骚扰你。艾丽森现在和你在一起吗?"

"没有。"

"她在哪儿,家里?"

"在办公室。怎么了?"

"没什么。你不会正好知道她在布鲁克林高地的地址吧?"

"我不记得了,但我知道是哪一幢楼。在庞艾普街上。"

"但你不知道门牌是几号。"

"那又有什么差别?哦,我敢说你是在找地方藏身,是不是?"

"真聪明。"

"嗯,她家很漂亮。我昨晚去过了。"

"原来你在那里。我今天一大早打过电话给你,找不到人。等一下。你昨天晚上到艾丽森家去了?"

"有什么不对?你是谁啊,修道院院长吗,伯尼?"

"不是,我只是觉得惊讶而已。你以前从来没去过她家是不是?"

"对。"

"你说很漂亮?"

"非常漂亮。这有什么好惊讶的?搞税务的人赚钱可不少。他们的客户通常都很有钱,否则也不用担心交税了。"

"我倒觉得每个人都担心交税。整套公寓你都看到了?呃,包括卧室在内?"

"你这到底是什么意思?她家没有卧室,是一整间很大很大的套房,大概有八百平方英尺,但只有一个房间。你问这个干什么?"

"没什么。"

"你这是在拐弯抹角地问我们有没有上床吗?这不关你的事。"

"我知道。"

"所以呢?"

"嗯,你说得对,这是不关我的事,"我说,"但你是我最好的朋友,我不想看到你受伤害。"

"我没有爱上她,伯尼。"

"很好。"

"是的,我们上床了。我想她已经习惯了被男人骚扰、欺骗和剥削,所以我就以此为依据制定了策略。"

"你怎么做的?"

"我跟她说我只是去参观一下。"

"现在你在贵宾狗工厂。"

"对。"

"而她在她的办公室。"

"对。"

"我还在浪费时间担心你。"

"听着,"她说,"我很感动。真的很感动。"


我乘出租车去窄廊画室,在车上戴着太阳镜,让司机在后视镜里看不到我的真面目。下车之后我改戴另外那一副,以免太显眼。我还戴着帽子。

杰瑞德开了门,看着我的眼镜和帽子,然后朝下看到我手上提着的东西。"很不错嘛。"他说,"不管里面装了什么,别人都会以为是一只动物。你那里面放了什么,小偷的工具?"

"不是。"

"那我敢说一定是黑货。"

"啊?"

"黑货。赃物。不义之财。我可以看看吗?"

"当然。"我说着松开锁扣,打开盖子。

"空的。"他说。

"很令人失望吧?"

"非常。"我们走进公寓,丹妮丝正在画布上这里添一笔那里加一笔。我看了看在我不在的时候她的工作成果,告诉她说我非常赞赏。

"你应该赞赏。"她说,"我们两个整夜都在工作。我想我们两个人加起来睡了不到一个小时。你呢,你干什么去了?"

"想办法让自己不要进监狱。"

"嗯,继续。因为我希望这一切都结束之后能得到相当的回报。光是一顿大餐、去城里玩一晚我是不会满意的。"

"不会的。"

"你可以把一顿大餐和出去玩一晚当成额外的红利,但如果这道彩虹的尽头有坛黄金,我可要分一杯羹。"

"你会分到的。"我向她保证,"这些东西什么时候能好?"

"再过几小时吧。"

"两小时?"

"应该可以。"

"好。"然后我把杰瑞德叫过来,解释我希望他做什么。他脸上闪现出好几种不同的表情。

"我不知道。"他说。

"你可以做到的,对不对?找几个朋友来。"

"莱昂内尔会愿意。"丹妮丝建议道,"还有佩吉呢?"

"也许吧。"他说,"我不知道。我可以得到什么?"

"你想要什么?我店里的科幻小说随你挑,为期——多久?一年?"

"我不知道。"听起来他的热心程度好像我刚表示要终身免费提供他花椰菜似的。

"一定要谈个好条件。"他妈妈告诉他,"因为你得应付很多事情。哪怕有电视新闻来采访我也不会感到意外。如果你是带头的,他们就会采访你。"

"真的吗?"

"很合理啊。"她说。

他想了一下。我正要开口说什么,丹妮丝用手势阻止了我。"如果有人连打几个电话,"杰瑞德说,"那表示他们知道要派摄影记者过来了。"

"好想法。"

"我去找莱昂内尔。"他说,"还有杰森·斯通、沙欣、西恩·格里克和亚当。佩吉到她爸爸那里去过周末了,但我会找——我知道要找谁。"

"好。"

"我们还需要标语。"他说,"伯尼,几点?"

"四点半。"

"那我们赶不上六点的新闻了。"

"你们可以上十一点的新闻。"

"你说得对。反正星期六也很少有人看六点的新闻。"

他飞奔下楼。"你这招太厉害了。"我告诉丹妮丝。

"是很神。听着,如果连自己的孩子都操控不了,那还算什么父母?"她走到其中一幅画布前,皱眉看着它,"你认为怎么样?"

"我认为看起来很完美。"

"唔,它看起来并不完美,"她说,"但还不错,是不是?"

## 20

我到城中心的金融区时,正值午餐时间。狭窄的街上挤满了人。证券交易员和办公室女郎,还有那些自由企业当中不可或缺的小齿轮,人人拿着细长的香烟从左手换到右手,一个劲地把烟吸进他们那小小的资本主义大脑。穿着三件式西装的中年男人对眼前的景象不断摇头,钻进酒吧里寻求庇护与慰藉。

我打了一个电话,没人接。于是我也加入了在午餐亭前排队的人群,买了两个三明治和一杯咖啡,装在棕色纸袋里。我拎着纸袋,走到梅登巷一幢十层楼办公大楼的大厅。我还戴着那顶帽子和那副牛角框眼镜,手里提着那个先前让杰瑞德十分失望的空宠物提篮。我在进入电梯之前停下来,在进出登记簿上签下唐纳德·布朗这个名字,注明我要去的地方(七〇二室)以及到达时间(十二点十八分)。我坐电梯到七楼,然后爬了一层楼梯,先前所写的那些东西除了时间之外都是假的。我找到了我要找的那间办公室。门上的锁比起魔方来实在太缺乏挑战性了。我放下宠物提篮，一只手拿着装午餐的纸袋，另一只手开门。

进入办公室，我坐在其中一张有假木头纹路桌面的金属办公桌旁，把纸袋里的午餐拿出来。我打开一个三明治，拿出里面夹的熏牛肉片和火鸡肉片，撕成小块，在桌面上堆成一堆。我把另外一个三明治吃了，喝完咖啡，在曼哈顿的电话簿里查了一个号码，然后开始拨号。是一个女人接的电话，那个声音很熟悉，但我要绝对肯定，于是便问纳撒尼尔在不在。对方说我打错了。

我另外又打了几个电话和一些人交谈，然后拨了〇说："我是唐纳德·布朗警官，警徽号码二三〇九四，请你帮我查一个没有登记的号码。"我把人名告诉她，然后把我打的这部电话的号码念给她听。她不到一分钟就打了回来，我把她给我的号码抄下来。我说："谢谢。哦，那这部电话的地址是？"于是她把地址给了我。那地址我不用抄。

我拨了那个号码。一个女人接电话。我说："我是伯尼。你不会相信我有多想你。"

"我不知道你在说什么。"她说。

"啊，亲爱的。"我说，"我茶不思、饭不想——"

电话咔嚓一声挂断了。

我叹了口气，拨另外一个号码。经过一番转接，一个熟悉的声音传来。"好了，说，"对方说，"你怎么知道的?"

"知道他们找到了速可眠?"

"水合氯醛,历久不衰的麻醉药酒。你怎么会看一眼一个头被打扁的人,就猜出来有药物?就连在《昆西》①里,他们也都还要做检验、用显微镜来看呢。"

"我在筹划一个新的影集,《通灵的病理学家伯尼·罗登巴尔》。"

我们彼此说了一些相当愉快的话。我挂上电话,然后又打了几个,接着翻了几个书桌抽屉,仔细查找档案柜。抽屉和柜子里的东西我都没动。然后我把午餐袋、包装纸、那个熏牛肉火鸡三明治的面包和空咖啡杯都丢进垃圾桶。我打开带来的篮子,几分钟后我把盖子盖上扣好。

"我们走喽。"我说。

出去的时候,我看了看表,在登记簿上写下离开的时间是十二点五十一分。

太阳出来了,于是我换上太阳镜,乘出租车到百老汇和约翰街交会口。我给了司机一个在西村的地址。他最近刚从伊朗来,英文讲得结结巴巴的,对曼哈顿的地理概念非常模糊,于是我就帮他指路,结果我们两个都迷路了。

---

①《昆西》(Quincy),一九七六到一九八三年在美国播放的一部电视系列剧名。

但最后我们到了一条熟悉的街上，然后我付了车费，让他离开。

我进入一幢从没来过的建筑物，用一张卡片打开了门厅里上锁的门。我穿过门厅，走到另一扇锁着的门前，这扇门通往后院。门锁不是问题，我用半截牙签插在弹簧扣栓里将它卡住，这样回来的时候麻烦就会更少了。

院子里有一些垃圾桶和一片无人打理的花园。我穿过院子，翻过一道通往另一个院子的水泥墙，朝一扇窗子里窥探，然后打开窗再关上。我提着篮子往回走，爬过水泥墙重新进入那幢建筑，拿下那半截牙签，最后回到街上，走了几个街区之后，上了另一辆出租车。

回到窄廊画室，杰瑞德开门让我进去，看着我手上的篮子。"你还拿着它。"他说。

"你说对了。"

"现在里面装满黑货了吧？"

"你自己看。"

"还是空的。"

"嗯。"

"你要用它做什么？"

"什么也不做。"我说。

"什么也不做？"

"什么也不做。你留着它吧。我提着这讨厌的玩意儿到处跑已经够了。"我走到他母亲身边,她在打量一幅画布。"看起来很好。"我说。

"当然。算我们运气好,蒙德里安那时候没有丙烯酸可以玩,否则他一年可以画出五百幅画。"

"你是说他没画出这么多?"

"没这么多。"

我伸出一只手指碰碰颜料。"干的。"我说。

"而且已经准备妥当。"她叹了口气,拿起一把有着弯曲刀锋、看来很吓人的东西。我想这是一把油布刀。我不是油布做的,但我绝对不会想去惹一个手上有一把这东西的人。

"这么做实在有违我的本性。"丹妮丝说,"你确定要这样?"

"我肯定。"

"差不多一英寸?就像这样?"

"这样就行。"

"嗯,那动手了。"她说着开始把画布从撑架上割下来。

我看着这个过程,神经紧张。我看过她画这幅画,我自己也画了其中一部分,在上好底色的画布上贴不透光胶纸,在线条上涂颜色,等速干颜料干了之后,再把胶纸撕下来。所以我知道蒙德里安和这幅画的关系并不比伦勃朗之类的画家更密切。但即使如此,在刀划过画布的时候,我的胃里有种奇怪的感觉,仿佛它是,嗯,油布做的一样。

我转身走到杰瑞德那里,看他趴在地上用奇异笔在一张方形大纸板上写着:"不公平!"好几张完成的标语已经利落地竖在木棍上,靠在一张金属桌旁。"做得好。"我告诉他。

"用起来效果应该不错。"他说,"已经通知媒体了。"

"好极了。"

"形为艺术。"丹妮丝说,"首先画一张画,然后毁掉它。我们现在只需要克里斯托①来把它用铝箔纸包起来。我该把它打包,还是你要在这儿吃?"

"都不要。"我说着开始脱衣服。


三点刚过,我穿着西装到达休利特美术馆,走路姿势有点僵硬。我戴着帽子和牛角框眼镜,那副眼镜在一个多小时之前已经开始让我头疼了。我一声不吭地交了馆方建议的两块五,走进旋转栅门,走上楼梯,向我最偏爱的展室走去。

之前我想到那幅蒙德里安可能会被移走,或者为了那个筹划中的展览而出借了,这种可能性让我相当焦虑,但

---

①克里斯托(Christo Vladimirov Javacheff, 1935— ),出生于保加利亚的美国艺术家,以其包装物品的概念艺术而闻名。

《色彩构图》仍然好好地挂在原处。我想到的第一件事是它跟我们在丹妮丝家弄出来的那东西完全不像,比例和色彩都完全不对,我们制造出来的东西简直就像小孩用蜡笔临摹的《蒙娜丽莎》一样。我再看了看那幅画,结论是:正如性和美感一样,都取决于观者的看法。墙上的那幅看起来很对劲是因为它挂在墙上,而且旁边还有块小铜牌证明它高贵的出身。

我就这么研究了一会儿,然后四处逛逛。

我回到一楼,穿过一间挂满十八世纪法国作品的房间,有布歇①和弗拉格纳②,完美的乡野景致里有牧神、仙女和正在睡觉的牧羊人。有一幅画里是一对打赤脚的乡下人在森林中的空地上野餐,而在制服警卫密切注意之下研究着那幅画的正是卡洛琳和艾丽森。

"你们会注意到,"我对她们轻声说道,"这两个天真无邪的人都有'摩顿脚'。"

"什么意思?"

"意思是他们的第二根脚趾比大脚趾长,"我说,"所以如果他们打算跑马拉松的话,必须先接受特别的矫正。"

"照我看来,他们不像跑步的人。"卡洛琳说,"事实上,他们看起来色迷心窍,唯一有可能进行的马拉松是——"

---

① 布歇(François Boucher, 1703—1770),法国画家、版画家和设计师。
② 弗拉格纳(Jean Honoré Fragonard, 1732—1806),法国画家。

"杰瑞德和他的朋友已经在外面就位了。"我打断了她,"给他们五分钟准备开始,嗯?"

"好。"

我在男厕所的隔间里脱下外套和衬衫,然后再重新穿上,这回不那么僵硬地朝挂着那幅蒙德里安的展示室走去。没人注意我,因为美术馆大门外有一大堆吵闹混乱的声音,大家都往出口走,去看看发生了什么事。

节奏分明的口号声传进我耳中。"一二三四五六七,我们要看艺术品!"

我朝那幅蒙德里安跨近一步。时间过得奇慢无比,小家伙们还在喊口号,我第一千次看了看表,正在困惑她们究竟还在等什么,此时大乱开始了。

一声巨响传来,像是雷鸣,又像卡车引擎逆火,其实更像国庆日剩下来的红色球形爆竹的声音。然后另一个方向冒出了一大团烟,有人在大喊:"失火了!失火了!赶快逃命!"

的确是浓烟滚滚,人们四散奔逃。而我呢?我一把抓下墙上的蒙德里安,跑进男厕所。

然后撞上了一个正从厕所出来的谢顶男人。"失火了!"我对着他叫,"快跑!快逃命吧!"

"我的天哪!"他说着便跑了。

几分钟之后我也跑了。我离开了男厕迅速跑下楼梯,冲出美术馆大门。门外聚集着救火车,到处都有警察,杰瑞德和他的部队挥舞着标语、避开警察、挤到电视记者的手提摄影机前。休利特的警卫人员一直都在严密监视事态的发展，不让人趁乱偷走任何一幅大师的名作。

我的头在帽子里冒着汗，眼睛在镜片后面一个劲地眨，然后从这一切旁边走过。

我在第三大道上一家又暗又脏的餐厅里看到了六点钟的新闻，看见杰瑞德·拉斐尔森这个小伙子气愤地力争年轻人有权利接触伟大的公众艺术收藏，然后很快地否认他们跟恐怖分子攻击休利特美术馆，以及彼埃·蒙德里安的名作《色彩构图》的神秘失踪事件有任何关联。

"我们不认为这些孩子直接牵涉在内。"一个警方发言人对着镜头说，"现在下结论还为时过早，但似乎是某个反应机敏的窃贼利用这个机会把画从画框上割了下来。我们在二楼的洗手间里找到了画框，已经损毁，上面只剩下一些画布的碎片。目前看来，这些孩子必定和那场火有关，尽管他们已经否认。有人扔了一个爆裂物，是那种国庆日用的爆竹，刚好在垃圾筒里爆炸，而筒里刚好又有游客丢进去的几卷底片，于是本来只会发出巨响的东西变成了一场火灾。火灾本身并没有造成实质性的损失。虽然烟雾很浓，让大家受了些惊吓，但除了让窃贼趁乱逃逸之外并没有什么真正的影响。"

啊，好吧，我想。意外总是会发生的。我密切注意着电视屏幕，寻找有没有那个反应灵敏、趁火打劫的窃贼的踪影，但没有看到。至少那个频道上没有。

休利特的主管表示对该画的失窃感到困扰。他说那幅画具有极高的艺术价值，并迟疑地估计该画的价值在二十五万美元左右。播报员提到最近在查理曼大帝发生的那起盗窃杀人案，并说不知媒体对那件窃案的报道是否影响了这个窃贼，使他选择了蒙德里安而非其他的名作。

馆方主管认为极有可能。"他大可以偷梵·高或透纳，甚至伦勃朗。"他说，"我们馆里有些画的价值可能在那幅蒙德里安的十倍以上。所以我觉得这个行为是冲动的、临时起意的。他知道蒙德里安很值钱，也听说过翁德东克那幅蒙德里安的行情，于是当机会来临的时候，他就迅速果断地采取了行动。"

这时切进了广告。在卡尼烧烤酒馆里，一个戴着牛角框眼镜和绅士帽、冲动的、临时起意的人，拿起了他的那杯啤酒，迅速果断地喝了下去。

# 21

"你那里面有什么？"那小孩质问道，"叼鱼竿？"

叼鱼竿是什么？

"安德鲁，不要去烦人家。"他母亲说着对我露出了一个勇敢的微笑，"他正处于这个年龄。"她说，"他学会了讲话，但还没学会闭嘴。"

"他要去钓鱼。"安德鲁说。

哦。是钓鱼竿。

安德鲁、安德鲁的妈妈、我，还有另外三四个人，这时正站在公共汽车站那设计来给乘客挡风避雨的透明阻隔物之下。当初盖这东西的时候闹出了不少丑闻，饱了好几个公务官员的腰包。我一手抱着一根硬纸板做的圆筒，五英尺高，直径大约四英寸。我克制住自己，没有告诉安德鲁说里面装的不是钓鱼竿，而是——什么？钓饵吗？

差不多。

来了两辆汽车。公共汽车就像治安不良地段的警察一样,总是一对一对地出现。安德鲁和他妈妈跟其他人一起上了其中一辆,公共汽车站只剩下我一个人。但这没什么异常的。第五大道上向南行驶的公共汽车很多,分别开往不同的目的地,因此我看起来只是在等其他路线的车罢了。

我不知道我在等什么。可能是在等老天爷伸手帮忙吧。

街对面靠左的地方,矗立着查理曼大帝庞大的躯体,永远是那么戒备森严。我斗胆进犯过三次这幢建筑的门户,一次是应翁德东克之邀,另两次是送花,而在童话故事里,第三次就是魔力所在。但现在我得第四次进去,那里的每个员工已经都认识我了,何况就算没人知道你是谁,你也混不进那幢该死的建筑。

办法总是有的,我告诉自己。我跟安德丽亚编的那个小故事是怎么说的?关于屋顶上的直升机什么的?哦,那么做当然是异想天开,但是否真的绝对不可能呢?那种东西私人直升机公司就有,只要付些费用,他们就可以带你在城市上方翱翔一两个小时。如果多给一大笔钱,就一定会有大胆的生意人愿意载你到某个特定的屋顶上——尤其是你不要求他在一旁待命、事后再带你飞走的话。

然而还是有问题。别说直升机了,我连租辆礼宾车的钱都没有,而且我完全没概念要到哪里去找这么一个贪财的直升机驾驶员,更何况我想他们晚上是不营业的。

可恶。

紧邻查理曼大帝的那些建筑物也帮不上忙。它们都比查理曼大帝低很多，至少有四层楼的差距。穿戴好全副登山装备，登上其中一幢建筑的屋顶，在查理曼大帝砖缝的灰泥间钉好登山钉，再一步一步地往上爬到屋顶进入建筑内，理论上，这么做是有可能的。理论上，精通失传的超自然飘浮术飞到天堂去也是有可能的，而这在我看来还比把查理曼大帝当作马特洪峰①要容易一点。

何况，我也没有理由认为我能混过旁边这些建筑的安全戒备。它们都各有自己警觉性很高的门卫和管理员。

送花这招是不会有效了，不管是送给莱奥娜·特里曼还是任何人。可以送到公寓里的还有其他东西——烈酒、冰、咸鱼比萨——但送货这招我已经用过了，肯定不能再混过去。我想到了好几种不同的伪装打扮。我可以扮盲人——我已经有墨镜了，只要再加上一根白色手杖就行；我也可以扮成神甫或者医生，神甫和医生什么地方都进得去，听诊器或白色硬领可以把你弄进你连拿着写字板都进不去的地方。

但这里不行。他们会打电话上楼，不管我说我是谁，不管我说我是来拜访谁的。

一辆蓝白相间的警车缓缓地沿着大道开来。我微微转向一侧，把脸藏在阴影里。警车闪着红灯经过，继续开了下去。

---

①位于瑞士和意大利的边境，是阿尔卑斯山脉中最为人所知的山峰。

我不能就这样站在这里,是不是?而且我在室内会比室外舒服、坐着会比站着舒服。何况,既然看起来我今晚是不可能工作了,那就没有真正的理由需要克制自己不喝烈酒。

我过街,转弯,朝大查理走去。


这个名字给人的印象可能不怎么样,但实际上它是一个相当豪华的地方。厚厚的地毯,嵌入式的照明,黑暗角落的餐桌配上靠墙的长椅,钢琴酒吧的凳子有厚实柔软的坐垫和靠背。女招待们身着浆过的黑白制服;酒保穿的则是燕尾服。我很高兴我穿着西装,同时为脚上的球鞋和头上的绅士帽深感惭愧。

我脱下了后者,把前者藏在长椅下。我点了杯单一麦芽苏格兰威士忌加苏打水和一点柠檬皮,酒上来的时候是装在一个大型的雕花玻璃杯里,那杯子无论看起来还是感觉起来都像是沃特福德的产品。也许它就是。这个地方一杯酒的价钱够在店里买一品脱威士忌了,所以大查理应该是有能力多花点钱买高级玻璃制品的。

我对他倒丝毫没有怀恨之意。我边啜酒边思考,边思考边啜酒。一个琴声撩人、歌声有如融化奶油的女钢琴师唱着科尔·波特[①]的歌,我的思绪则飞向转角的查理曼大

---

[①] 科尔·波特(Cole Porter, 1891—1964),美国音乐家。

帝，想着该怎么进去。

总会有办法进去的。第二杯酒喝到一半的时候，我想到打电话去说有炸弹，让他们疏散那幢楼里所有的人。然后我就可以混在人群里，跟着他们晃回去。如果我混进人群的时候穿着睡衣睡袍，谁会想到我不是那里的人呢？

可我上哪儿去弄睡衣和睡袍呢？

关于这个问题我找到了一些有趣的答案，其中最异想天开的是大胆潜入布克兄弟①去偷。我的第三杯酒快喝完的时候，一个女人走到我桌旁说："嗯，你是哪一种？迷失、被窃，还是彷徨？"

"这是A.A.米尔恩②的句子。"我记得。

"对！"

"是什么人的妈妈。詹姆斯·詹姆斯·莫里森·莫里森——"

"韦瑟比·乔治·杜普雷。"她帮我说完，"我怎么知道你会知道呢？也许是因为你看起来充满了灵性，又如此孤单。有人说过孤单呼唤孤单。我不知道这是谁说的，但我想不是米尔恩。"

"八成不是。"接下来是一阵沉默，我应该请她坐下，

---

① 布克兄弟（Brook Brothers），美国知名男士服饰品牌。
② A.A.米尔恩（Alan Alexander Milne，1882—1956），英国童话、小说、戏剧作家及诗人。其中儿童文学作品《小熊维尼》被译为二十多种语言，下文中提到的《詹姆斯·詹姆斯·莫里森·莫里森》和《韦瑟比·乔治·杜普雷》也是他的作品。

但我没这么做。

没关系。她还是在我旁边坐下了,这个极度自信的女人。她穿着一件黑色的低胸洋装,脖子上戴了一串珍珠,身上有昂贵香水和昂贵威士忌的味道,不过话说回来,大查理也只卖昂贵的威士忌。

"我叫夏娃。"她说,"夏娃·狄格拉斯。你是——"

我真的差一点就说亚当了。"唐纳德·布朗。"我说。

"你是什么星座的,唐纳德?"

"双子座。你呢?"

"我有好几个座。"她说,然后拉着我的手翻过来,用她涂着猩红蔻丹的食指沿着掌纹在我的手心画来画去,"'博爱座'是其中之一。还有'什么都做'也是。"

"哦。"

女招待自动过来帮我们一人补上一杯酒。我在想,不知要喝几杯才会让我觉得这女人不错。这并不是说她没有吸引力,但她的岁数比我多出了好大一截,使人难生非分之想。她的块头不小,头发打理得很漂亮,我想她多半也拉过皮、穿束腹,但她年纪大到足以——唔,或许不足以当我妈,但可能也足够当阿姨了。倒不是说我妈妈真的有个妹妹,但是——

"你住在附近吗,唐纳德?"

"不是。"

"我想也不是。你是外地来的,对不对?"

"你怎么知道?"

"有时候这种事情就是感觉得出来。"她的手滑到我的大腿上,轻捏了一把,"你在这个大城市里孤单一人。"

"没错。"

"住在某个没有人情味的旅馆里。哦,我相信旅馆房间一定很舒服,但是没有生命、没有特色,而且很孤单。"

"很孤单。"我重复着,然后喝了一口我杯子里的威士忌。再来一两杯,我想,我就不太会在乎我是在哪里、跟谁在一起了。只要这个女人有张床,什么样的床都行,能让我倒在上面整晚不省人事。这样也许缺乏绅士风度,但至少我可以安全过一夜。天哪,我实在不能在街头到处乱晃,纽约的警察有一半都在找我。

"你用不着睡在你的旅馆房间里。"她娇滴滴地说。

"你住在附近?"

"事实上的确是的。我住在大查理。"

"大查理?"

"对。"

"这里?"我笨拙地问,"你住在这间酒店里?"

"不是这里,傻瓜。"她再次友好地捏了一把我的腿,"我住在那个真的大查理。那个大大的大查理。哦,不过你是外地来的,唐纳德,所以你不知道我在说什么是不是?"

"恐怕是不知道。"

"查理曼大帝等于查尔斯大帝,也就等于大查理。所以这地方才取这个名字,因为老板是一对叫作莫里和莱斯的男同性恋,他们当初也可以把这里取名为'或多或少'①,不过他们没这么做就是了。你是从外地来的,所以你不知道转角那里有一幢公寓大楼叫作查理曼大帝。"

"查理曼大帝。"我说。

"对。"

"一座公寓。"

"对。"

"在转角那里。你住在里面。"

"说对了,唐纳德·布朗。"

"嗯,"我说着放下了那杯没喝完的酒,"嗯,那我们还在等什么?"

我认出了门卫、管理员,还有那位好心的电梯操作员爱德华多。他们都没有认出我来。他们没有多看我两眼,可能是因为他们根本连一眼都没看我。就算我身上穿的是大猩猩装,他们一定也会谨慎地转开视线。毕竟狄格拉斯女士是这里的住户,我想我也不是第一个被她从大查理拉回家来的年轻人。职员无疑都拿到了丰厚的小费,让他们

---

① "莫里和莱斯"的英文是 Maurie and Les,跟"或多或少"的英文 more or less 发音相近。

的眼珠子乖乖地待在原位、不到处乱转。

我们乘电梯直接上到十五楼。之前我们从酒吧走到大楼的路上我拼命呼吸空气,但三杯半大杯威士忌的效力不是一点饱受污染的纽约空气就可以抵消的,我在电梯里有点头晕眼花。那里的灯光对我的同伴十分不仁慈,但也无助于让我清醒。我们走到她家门前,她拿着钥匙开门,比我平常不用钥匙开门还费力,但我还是让她行使这项特权,最后她终于把门打开了。

进了门,她说:"哦,唐纳德!"然后一把把我抱住。她几乎和我一样高,而且相当硕大。并不是说她太胖、邋遢或别的什么的,她只是很硕大而已。

我说:"你知道吗?我想我们都可以再来一杯。"

我们来了三杯。她把她的酒喝了,我把我的酒倒进一盆看起来反正也快枯死了的槟榔树盆栽里。

也许这棵植物只是被周遭的环境吓坏了。这座公寓看起来像《建筑文摘》里的跨页照片,家具不多,可有很多铺了地毯的平台之类的东西。墙上唯一的装饰是一幅壁画,上面全是圆圈圈和旋涡线条,一个直角都没有。蒙德里安一定会很讨厌这幅画,而且要偷它的话得把整面墙都搬走才行。

"啊,唐纳德——"

我本来是希望那么多威士忌可以让她变迟钝的,可是看起来一点效果都没有。随着时间过去,我也没有变得清醒多少。我想道，哎，管他的，然后我说："夏娃！"我们就紧紧抱成了一团。

她房间里没有床，只有另一块铺着地毯的平台，上面放着床垫，但它还是尽到了职责。很出乎我自己意料的是，我也尽到了职责。

事情很古怪。一开始我只是专心不要去想我妈妈的妹妹，这应该很容易做到，因为我妈妈根本没有妹妹。然后我试着利用我们的年龄差距编织性幻想，想象自己是个饥渴的十七岁少年，而夏娃是阅男无数的三十六岁成熟女人。这招的效果不太好，因为我的想象让自己马上回到了当年那青涩笨拙的窘态。

最后我干脆放弃了，忘记我们谁是谁，结果奏效了。我不知道威士忌是帮了我的忙还是坏了我的事，但无论如何我都没有再去想眼前正在发生什么，只是让事情发生，而事情还真的发生了。

也难怪。

# 22

之后,最困难的是要一直保持清醒、等她睡着。我的思绪开始飘浮,顺着某条弯弯曲曲的奥妙思路朝着梦乡而去,我总是及时抓住自己,猛地把自己拉回来,而每一次都觉得很侥幸。

当她的呼吸节奏改变时,我一动不动地等了一两分钟,然后滑下床垫、挪下那个睡觉的平台,移到地板上。地毯很厚,我无声地从上面走过,捡起我的衣服到客厅里穿上。我快走到门口的时候,想起了我那根五英尺高的圆筒,于是又回去拿。"我敢说你一定是建筑师,"先前夏娃说过,"这里面装的一定是蓝图。"我问她怎么猜到的。"你这副眼镜,"她说,"还有这顶帽子。还有这双看起来很睿智的鞋子。哎呀,唐纳德,你一看就是一副建筑师的样子。"

我眯着眼睛从防盗孔往外看了看,打开门锁,把门拉开一条小缝,检查了一下走廊。出来后,我想到要用我的工具把门重新锁上，后来决定不这么做。既然夏娃的生活方式是这个样子，那么她忘记锁门应该也是家常便饭。说到这一点，离开她家的客人说不定也会顺便翻翻她的钱包，或者她说不定认为这种行为并非偷窃而是报酬。人家说，公平的交换就不是抢劫。

我从逃生梯到了十一楼。一时想不起阿普林家的门是哪一扇，然后我瞥见了那个泄露天机的、没有连接任何警报系统的安全装置钥匙孔。我拿出我那串工具，正把一条钢丝穿进普拉德门锁准备拨弄的时候，突然有什么让我停了下来。

还好我停了下来，因为那座公寓里有人。我一定是听到了什么，才会把耳朵贴在门上，然后听到了应该是电视上情景喜剧里的笑声。我抽出撬锁工具，把眼睛凑近锁孔，果然看见了灯光。

阿普林夫妇在家。此刻，当我像准备投海的老鼠一样站在他们家门口的时候，阿普林先生说不定正闲适地翻阅着他那已遭劫掠的集邮册。随时会发出一声咆哮，把他太太吓一跳，一下子把重播的玛丽·泰勒·摩尔①忘得一干二净。然后他可能会反射性地冲到门边，猛地把门拉开，然后看见——什么？

看见空无一人的走廊，因为等我想到这里的时候，我

---

① 玛丽·泰勒·摩尔（Mary Tyler Moore，1936—2017），美国演员，主要演电视连续剧。

已经出了逃生门，又开始爬楼梯了。我爬了三层，回到我刚才离开夏娃·狄格拉斯的十五楼，站在逃生门前迟疑了一会儿，然后再爬一层，用我的工具打开了门。

有一户门内传出争吵声，但不是翁德东克家。他的公寓门上贴着一张纸，宣布该户系由纽约市警察局下令封锁。这个封锁的象征意义大于实质意义；翁德东克的门锁是这公寓的唯一屏障。那是西格尔牌的，相当不错，但我以前就撬开过一次，它对我来说已经没有秘密了。

但我没有立刻把门打开。首先我把耳朵贴在门上听，然后把眼睛凑在锁孔边，又趴下来看门缝里有没有透出光线。什么也没有，没有光线，没有声音，什么也没有。

我打开门进去。


除了我之外，翁德东克的公寓里没有人，不管是活的还是死的。我能确定这一点，是因为我检查了所有的地方，甚至包括厨房里的餐具橱。然后我打开水龙头让水一直流，直到水热得可以冲泡速溶咖啡。如此产生的饮料不会令挑剔的人兴奋不已，也不会帮我醒酒，但至少可以让我当一个毫无睡意的醉鬼，而不是摇摇欲坠的醉鬼。我把它喝下去，打了个冷战，然后开始打电话。

\* \* \*

"伯尼,谢天谢地。我担心死了,真怕你发生了什么事。你不是从牢里打电话来的吧?"

"不是。"

"你在哪里?"

"总之不在牢里。我没事。你和艾丽森安全离开了吗?"

"当然,没问题。真是一场大乱!我觉得当时我们大可以趁机把《蒙娜丽莎》偷出来,只不过那幅画在卢浮宫。但我得告诉你一个大消息——猫回来了!"

"阿齐?"

"阿齐。我们去喝了杯酒,之后我们又喝了一杯,然后我们回到家,尤比马上冲过来要我摸,这不像它平常的作风,我就摸着它,一抬头,看见尤比在屋里的另一个角落,于是我赶紧低头看看我在摸的那只猫,结果正是阿齐·古德温。闯进我家把它带走的那个人又把它送回来了,门还是跟我出门的时候一样锁得好好的,和上次一样。"

"真神奇。那个纳粹还真说话算话。"

"说话算话?"

"我把那幅画给了她,她就把猫还回去了。"

"你怎么找到她的?"

"是她找到我的。事情太复杂了,现在不好解释。重要的是它回去了。它的胡须如何?"

"少了一边。它看上去有点不太能保持平衡,要跳要扑的时候好像很没有把握似的。我无法决定是应该把另一边的胡须也修一修,还是等这一边的长出来就好了。"

"唔,你慢慢决定吧。你今天晚上不需要做什么。"

"对。艾丽森看到它很惊讶。我想她就跟我一样惊讶。"

"我相信。"


"伯尼,你以为你在做什么,收集莫特里恩吗?因为据我了解,古根海姆博物馆也有两幅,我在想你的下一个目标会不会就是那里。"

"跟你谈话总是这么令人快慰,雷。"

"哪里哪里。你是疯了还是怎么的?不要告诉我不是你干的,因为我在电视上看到你了。你那顶帽子真是我这辈子看过最蠢的了。我想我认出那顶帽子比认你还要容易。"

"这样的伪装才好啊,不是吗?"

"但我没看到你拿任何东西,伯尼。你把那幅莫特里恩怎么了?"

"折得非常小,塞进我的帽子里了。"

"我也这么想。你在哪里?"

"在野兽的肚子里。听着,我有件差事要给你,雷。"

"我已经有差事了,记得吗?我是个警官。"

"那不是差事,那是偷鸡摸狗的执照。《卡萨布兰卡》里那句台词是怎么说的?"

"'再弹一遍,萨姆。'"

"事实上他从来没真这么说过。他说的是'弹吧,萨姆',或者'弹那首曲子吧,萨姆',或者其他类似的变化,但他从来不说:'再弹一遍,萨姆。'"

"真是引人入胜啊,伯尼。"

"但我说的台词不是这句。'把嫌疑犯都带过来。'这句才是我的意思。我要你做的就是这件事。"

"我不明白。"

"等我解释之后你就明白了。"


"伯尼,这里简直是个疯人院。现在好不容易才平静了一点。我的儿子怎么样,嗯?"

"真是个老到的演员。"

"他那个蠢货爸爸打电话来,责问我怎么可以允许这种事情发生,他正在严肃考虑要告我、争取监护权,当然除非我同意减少赡养费和教育费等。杰瑞德说如果要他跟他爸爸,那他宁可去住休利特。如果他要告我,你看他这场官司打得起来吗?"

"我看连他自己都不相信这官司能打得起来,不过我不是律师。杰瑞德面对别人问问题,挺得住吗?"

"他的回答变成了政治演说。别担心,他没有提起你。"

"他的伙伴们呢?"

"你是说他那些核心成员?就算他们想提起你也不可能。只有杰瑞德一个人知道今天下午的事情不只是'青年豹'组织的政治行动。"

"这是他们给自己取的名字?"

"我想这是媒体发明的,不过我想他们可能会就这么用下去。杰瑞德的朋友沙欣·弗拉维兹本来建议用'幼豹',但另外一个朋友亚当告诉他们说豹的小孩不叫幼豹,而是叫小豹猫,但'小豹猫'因为听起来不够凶悍而被否决了。无论如何,我们的秘密不会传出去。我想杰瑞德已经开始认为这整件事都是他的主意了,你只是在最后一刻沾点好处而已。"

"一个脑筋动得快、很会利用机会的贼。"

"嗯,只要适合就好。对了,你把那个篮子留在这里了。那个用来提猫还是什么东西的篮子。"

"嗯,把它送给养猫的人吧,我不需要了。卡洛琳的猫回去了。"

"真的?"

"被放在一个小盒子里。"

"她的猫真的回去了?"

"她是这么告诉我的。"

"那休利特呢?他们那幅蒙德里安会回去吗?"

"什么蒙德里安?"

"伯尼——"

"别担心。一切都会没问题的。"


"一切都会没问题的。"

"嘿,我希望你说得对,伯尼。可是,我不知道。我今天早上出门去,想跑十五英里,结果才跑了十英里,我右边膝盖里就开始有种奇怪的感觉。不是真正的痛,而是一种感觉,觉得有点敏感,你知道我的意思吗?现在人家都说跑步是要跑到痛,而不是痛了还要跑,但如果是敏感的感觉该怎么办?我想只要它变成疼痛我就会停下来,但它就一直只是敏感,然后又变得更敏感一点,于是我跑完了那十五英里,然后又跑了三英里,加起来总共十八英里,最后我回家洗了个澡、躺下来,现在我的膝盖在没命地抽动。"

"你还能走路吗?"

"我大概还可以再跑十八英里。我的膝盖是敏感得在抽动,不是痛得在抽动。这真是疯了。"

"哦,会没事的。沃利,今天下午在一个美术馆发生了一些事——"

"天哪,我差点忘了。我甚至不确定我是不是应该跟你讲话。那件事和你有关吗?"

"当然没有。但那些抗议的小孩当中带头的是我一个朋友的儿子,而且——"

"哦,我就说嘛。"

"沃利,你想不想当'青年豹'的律师,出出风头?我想不会有人控告他们,但会有记者想采访,说不定还会有人想为这事出本书或拍部电影,杰瑞德需要有人维护他的利益。而且杰瑞德的爸爸说要跟他妈妈打官司争取监护权,所以他妈妈也需要有人维护她的利益,还有——"

"你对那个妈妈有兴趣?"

"我们只是好朋友。事实上,沃利,我想你说不定会喜欢那个妈妈。丹妮丝,这是她的名字。"

"哦?"

"有笔吗?丹妮丝·拉斐尔森,电话七四一五三七四。"

"小孩的名字是杰森?"

"杰瑞德。"

"都一样。我应该什么时候打电话给她?"

"早上。"

"天哪,现在已经是早上了,你知道现在几点了吗?"

"我打电话给我的律师不是要问时间的。我打电话给我的律师,是因为我有事要他帮我做。"

"你有事要我帮你做吗?"

"我还以为你永远不会问呢。"


"佩德罗辛小姐吗？'我吟唱忧愁／我吟唱悲泣／我没有忧愁／我只是借取——'"

"请问是哪位？"

"'我只是借取／从某个明日／那里沉睡着／足够的忧愁／让我吟唱悲泣。'这是玛丽·卡罗琳·戴维斯啊，佩德罗辛小姐，你一向喜欢的诗人。"

"我不明白。"

"明白什么？在我看来，这是一首简单明了的好诗。诗人是在说，她要写的感情深度是目前尚未经历过的，因此她汲取未来的不幸以便下笔。"

"罗登巴尔先生？"

"正是在下。我手上有你那幅画，佩德罗辛小姐，你只要来拿就行了。"

"你手上有——"

"那幅蒙德里安，只卖一千美元。我知道这数字低得离谱，但我急着要离开这里，需要尽快弄到钱。"

"我要等到星期一才能去银行，而且——"

"把你手上有的现金都带来，再加上一张支票补足差额。去拿支笔来记下地点和时间。别迟到，也别早到，佩德罗辛小姐，否则你就再也别想要得到这幅画了。"

"好吧。罗登巴尔先生,你是怎么找到我的?"

"你把你的姓名和电话留给我了。你不记得了吗?"

"但那个号码——"

"其实是阿姆斯特丹大道上一家韩国人开的水果店。我很失望,佩德罗辛小姐,但并不意外。"

"但是——"

"但是电话簿里有你的名字,佩德罗辛小姐。曼哈顿电话簿,住宅部分。我不可能是第一个把这件事情告诉你的人。"

"不是,但是——但是我没有告诉你我的名字。"

"你说的是埃尔斯佩丝·彼得斯。"

"是的,但是——"

"嗯,我无意冒犯,佩德罗辛小姐,但你没有骗过我。你报出姓名的时候那种迟疑的样子,然后再加上那个错误的号码,嗯,这太明显了。"

"但你到底是怎么知道我的真名的?"

"运用一点演绎法。外行人编假名字的时候,几乎都会用和原来姓名相同的缩写。而且他们经常选择某种人名的变体来当姓,比如杰克森、理查斯、约翰森,或者彼得斯。我猜你真名的第一个字母是 P,而且很可能和彼得斯有着同样的字根①。另外,你的外表特征显示你可能有亚美

---
①佩德罗辛的原文是 Petrosian,彼得斯的英文是 Peters。

尼亚血统。我拿出电话簿，翻到 Pet 开头的部分，然后找一个名字缩写是 E 的、听起来像亚美尼亚人的名字。"

"但是这太不寻常了。"

"不寻常就是寻常，佩德罗辛小姐，前面多加了一个不字罢了。对了，这句话不是我发明的。我上小学的时候有个老师常这么说。她叫伊莎贝尔·约瑟夫森，据我所知这不是假名。"

"我只有四分之一的亚美尼亚血统，而且别人都说我长得像妈妈这边的亲戚。"

"我倒觉得你的长相明显有着亚美尼亚特征。不过也许我只是突然出现了那种人们偶尔会有的灵光一闪。这实在不重要。你要那幅画，不是吗？"

"我当然要。"

"那就把这抄下来……"


"丹弗斯先生吗？我是罗登巴尔，伯纳德·格林姆斯·罗登巴尔。很抱歉这么晚打电话给你，但我想你听完我要说的话之后就会原谅我的打扰了。我有几件事情要告诉你，先生，还有一两个问题要问你，还有一份邀请……"

\* \* \*

我一个接一个地打电话。等到都打完之后，我的耳朵已经因为长时间紧贴着话筒而疼了起来。要是戈登·翁德东克知道我用他的电话在做什么的话，他躺在冰柜里都会爬起来的。

电话打完之后，我又冲了一杯咖啡，在冰箱里找到一条巧克力，在橱柜里找到一包薯片。这些东西加在一起是很奇怪的一顿饭。

我还是吃了，然后回到客厅去打发一点时间。已经很晚了，但还不够晚。最后的时刻终于到了，我走出翁德东克的公寓，没有锁门，一路走到五楼。经过十五楼沉睡中的夏娃·狄格拉斯时，带着微笑；经过十一楼的阿普林夫妇时，叹了口气；经过九楼的莱奥娜·特里曼时摇了摇头。我在五楼要打开逃生门的时候颇费了一番工夫。我不知道这是为什么。这把锁和其他逃生门上那些构造简单的锁是一样的，也许我电话打得太多手指僵硬了。我打开门锁，经过走廊到另一扇门前，小心地看听一番之后才把门打开。

我安静得像只老鼠。屋里有人在睡觉，我不想吵醒他们。而且我有一大堆事情要做。

最后，事情终于都做完了。我非常安静地溜出五楼那间公寓，把门锁上，然后再次上到十六楼。

你知道，我想这是最痛苦的部分了。爬楼梯不是件轻松的事，爬十层楼梯（谢天谢地，还是没有十三楼）则是件非常不轻松的事。纽约跑步者俱乐部每年都在帝国大厦举办爬楼比赛,一直上到八十六层,每次都有某个手脚细长、爱表现的家伙赢。他爱怎么赢就怎么赢吧,爬十层楼已经够痛苦了。

我再度进入翁德东克的公寓,关上门,上了锁,然后花点时间喘口气。

# 23

"哦,好极了。"我说,"大家都到了。"

的确是大家都到了。雷·基希曼是最早出现的,跟他一起来的还有三个身穿警察制服的新面孔。他跟楼下的人讲了讲,然后就有两个大楼的职员到翁德东克的公寓来,在原有的路易十五式家具之外添了几张折叠椅。然后,那三个穿着制服的警员各就各位,一个人留在楼上,另外两个在大厅里等其他人到的时候把他们带上来,雷则去接名单上的其他人。

在这一切进行的同时,我拿了一本书和一壶咖啡留在后面的卧室里。我在读笛福的《杰克上校》,这位作家活了七十年,没写过一句无聊的句子,但此刻我无法专注于他的文字。不过我仍然耐心等候。出场总要有点气势才好。

最后我终于出场了,开场白是:哦,好极了。大家都到了。听到我的话,每个人都转过头来,紧紧盯着我的一举一动,看着我从排成半圆形的椅子旁走过,坐到皮质安乐椅上对着他们——这种感觉真令人宽慰。我扫视着这一片小小的人海——嗯,就称之为人湖吧。他们也看着我,至少大部分人是这样。有几个人的视线转到壁炉上方,过了一会儿我也看向那个地方。

对啊,为什么不看呢?蒙德里安的《色彩构图》就挂在那里,跟我第一次造访查理曼大帝时看到的位置丝毫不差,鲜活的原色和坚定的直线、横线闪耀着光辉。

"这是很有力的陈述,不是吗?"我向后靠去,双腿交叉,让自己坐得舒服一点,"当然这就是我们所有人都在这里的原因。我们都对蒙德里安的画有兴趣,这让我们齐聚一堂。"

我再次看着他们,这次是一个一个地看。雷·基希曼当然在,坐在最舒服的一张椅子上,一只眼睛注意我,另一只眼睛留意着其他人的动静。这样做说不定会让人变成斜视,不过目前为止,他很能胜任。

离他不远的两张折叠椅子上,坐着我的犯罪搭档和她的床上搭档。卡洛琳穿着绿色的运动外套和宽松的灰色法兰绒裤子;艾丽森则穿着斜纹棉布裤配一件布克兄弟的条纹衬衫,领口的扣子扣住、衣袖卷起。她们是很漂亮的一对。

离她们不远,J.麦克伦登·巴洛夫妇并肩坐在一张六英尺的沙发上。他是个矮小精悍、几乎称得上是优雅的男人，铁灰色的头发梳理整齐，举手投足间有股军人的味道；照他冷静自持的架势来看，他坐在折叠椅上也会一样自在，似乎应该把沙发留给其他真正有此需要的人。他太太看起来和女儿比较像，不高不矮、身材苗条，睁着一双大眼睛，一头深色长发梳成一个我想是叫髻的东西。我知道有某种发型叫髻，我想那就是了吧。不管他。

巴洛夫妇右后方有一个身材魁梧的男子，蒙德里安如果画人像的话，画出来的脸可能就是这个样子，因为他的脸四四方方的，全是棱角。他下巴很宽，眼角下垂，胡须已见灰白，一头满是小卷的头发则黑得像墨水一样。他名叫莫德塞·丹弗斯。坐在他旁边的男子乍看之下只有十八岁，但如果仔细看看，他的岁数可能是十八乘以二。他脸色苍白，戴着无框眼镜，身穿深色西装，打了一条一英寸宽的丝质黑领带。他的名字是劳埃德·刘易斯。

埃尔斯佩丝·佩德罗辛坐在距刘易斯右方几英尺的地方，双手交叠放在膝头，嘴唇紧抿，侧着头，带着一种耐心而愤怒的表情。她打扮得干净利落，身穿"褪色光荣"牌的牛仔裤和与之相配的衬衫，脚登"地球之鞋"。这种鞋的鞋跟比大脚趾还低，几年前曾风行一时，它的广告的意思是如果大家都穿这种鞋，那么我们就可以消灭饥荒和疾病，不过这种鞋现在已经很少看到了。饥荒和疾病却仍然随处可见。

埃尔斯佩丝右后方的一把折叠椅子上坐着一个年轻男

子，他身上的深色西装看起来好像只有星期天才穿。这没问题，因为今天就是星期天。他有一双水汪汪的棕色眼睛，下巴中间微微有道缝。他的名字是爱德华多·梅伦德斯。

爱德华多左边是另外一个年轻男人，也穿着西装，但脚上是一双新百伦730系列的球鞋，而不是爱德华多偏爱的那种简单的黑色皮鞋。我可以看见他一只鞋的正面和另一只鞋的鞋底，因为他坐在布面椅子上，用一张折叠椅架起了右腿。他当然是沃利·亨普希尔，我猜他的右膝盖终于成功地从敏感转为疼痛了。

丹妮丝·拉斐尔森坐在离沃利两码的地方。她宽松的大裤子上沾了些颜料，方格衬衫的肘部也磨得差不多了，但我觉得她看起来不错。显然沃利也觉得她看起来不错，而且从他们不停偷瞄对方的眼神看来，似乎彼此都有好感。嗯，为什么不呢？

观众群里另外还有四个男人。第一个人脸圆圆的、额头很高，看起来像电视广告里的小城银行家，很积极要借钱给你，让你整修你的家，使你家的房子成为你所在社区的一大资产。他叫巴内特·李维斯。第二个人留着胡须、穿着靴子、衣着寒酸，看起来像是会去找银行家贷款读大学的人，而且会被拒绝。他叫理查·雅各布。第三个人面无血色，皮肤和身上的西装一样灰。就我目力所及，他嘴唇薄得看不见，眉毛和睫毛都稀疏得仿佛没有一样，看起来像是现实生活中的银行家,这种人批准抵押的时候心里抱着最后能没收抵押品的希望。他叫奥维尔·韦德纳。第四个人是警察,穿着警察制服,带着一把用皮套包着的手枪、警棍、记事簿、手铐,还有其他那一大堆警察要佩戴的装备。他叫弗朗西斯·洛克兰,我碰巧知道他有一只脚缺了大脚趾,但不记得是左脚还是右脚了。

我看着他们,他们看着我,然后雷·基希曼——有时候我觉得他的存在就是专门为了削弱戏剧化时刻的紧张气氛——说:"别再拖拖拉拉了,伯尼。"

于是我就不再拖拖拉拉了。


我说:"我想你们都在好奇我为什么把你们都叫来这里,但你们其实并不好奇。你们知道我为什么把你们找来。现在既然你们已经来了,我就——"

"讲重点。"雷建议道。

"我会讲重点的。"我表示同意,"重点是一个叫作彼埃·蒙德里安的人画了一幅画,然后过了四十年,有两个人因这幅画被杀了。一个叫作戈登·翁德东克,他就在这间公寓里被杀;另外一个叫作埃德温·特恩奎斯特,死在格林尼治村的一家书店里。事实上那刚好就是我的书店,而我和蒙德里安似乎都是这个故事里的主角。我在翁德东克被杀之前离开这间公寓,又在特恩奎斯特被杀之后走进我的书店,警方怀疑两件谋杀案都是我干的。"

"也许他们这么怀疑是有很好的理由的。"埃尔斯佩丝·佩德罗辛建议道。

"他们的理由充分极了,"我说,"但我占了一项优势。我知道我没有杀人。此外,我还知道我被设计了。有人以屋主想替藏书估价的借口,把我引到这间公寓里来。我花了两小时查看他的藏书,算出一个数目,然后完工收费。这地方到处都是我的指纹,但有何不可呢?反正我又没做坏事,所以我不在乎咖啡桌上是不是有我的指纹,或者我是不是把真名告诉了门卫。但后来我清楚地意识到,我被邀请到这里来,唯一的目的就是让人知道我来过,以便把盗窃和凶杀的罪名安在我头上,也就是我偷了一幅画,并残忍地杀死了画的主人。"

我吸了口气。"这我看得出来,"我继续说,"但事情不合理。因为设计我的人不是凶手而是被害人,这有什么道理?翁德东克为什么要晃进我的书店,讲一堆无稽之谈,把我骗到这里,让我把指纹留在所有可能留下指纹的平坦表面,然后钻进另一个房间去让别人把他的头打扁?"

"也许凶手是利用这个机会。"丹妮丝说,"就像昨天下午有个脑筋动得快的贼趁火打劫,偷走了一幅画。"

"我想过这一点,"我说,"但我仍然摸不透翁德东克的出发点是什么。他把我弄到这里来是要把某件事情栽赃在我头上,那如果不是谋杀他的罪名的话,会是什么呢?

说我偷了那幅画吗?

"嗯,这点看来有可能。假设他决定谎报失窃,让保险公司来赔钱。如果找一个金盆洗手的窃贼,让他把指纹留在很容易被查到的地方,这样岂不就更逼真了吗?这么做也不是真的就有道理,因为我的出现是有正当理由的,所以陷害我只会增加不必要的麻烦,但很多人会做出蠢事,尤其是初尝犯罪滋味的外行。因此他也许真的这么做了,然后他的共犯可能使诈、杀了他,然后把盗窃和谋杀这两项罪名都留给那个金盆洗手的窃贼来背黑锅。"

"金盆洗手的窃贼。"雷不满地嘟囔道,"说一次我也就不计较了,可是你说了两次。金盆洗手!"

我没理他。"但我还是想不通。"我说,"为什么凶手要把翁德东克绑起来塞进衣柜里?为什么杀死他后不把尸体留在原地?还有,为什么要把那幅蒙德里安从画框上割下来?小偷在博物馆里会这么做,因为在那里偷东西分秒必争,但这个凶手应该有充裕的时间。他可以把撑架上的订书针拆下来,在不毁损画布的情况下把它拿走。事实上,他完全可以用牛皮纸把整幅画包起来带走,不必弄坏撑架。"

"你说他是个外行,"莫德塞·丹弗斯说,"外行会做出不合逻辑的事。"

"我说的是蠢事,不过也差不多。但是,同一个人能做出多少蠢事?我一直卡在同样的矛盾点上。戈登·翁德东克大费周章地设计我,结果却给自己招来杀身之祸。嗯,我一定是漏掉了什么,但你们也知道的——所谓当局者迷。我是当局者,看不见盲点在哪里,但我逐渐有了一些零碎的概念,然后事情就变得一清二楚了。设计我的人和被杀的人不是同一个。"

卡洛琳说:"讲慢一点,伯尼。把你弄到这里来的人和头被打扁的人——"

"不是同一个。"

"别告诉我说躺在停尸间的那个家伙不是翁德东克。"雷·基希曼说,"有三个不同的人都肯定地指认出他的身份。那个人就是他,戈登·凯尔·翁德东克,就是他。"

"对。但是另外一个人到我的店里去,自称叫翁德东克,邀请我到这里来,开门让我进屋,付了我两百块要我看一些书,然后我一走出门,他就把真的翁德东克的脑袋砸开了花。"

"翁德东克本人一直都在这里?"说这句话的是那个和气生财的银行家巴内特·李维斯。

"对。"我说,"他在衣柜里,被人五花大绑,血液里含的水合氯醛足以让他安静得像上过油的铰链。这样就可以将他藏得好好的,万一我找厕所的时候转错方向也不会正好撞见他。凶手在把圈套完全为我设好之前不想冒险杀死翁德东克。而且,这样他也可以确保翁德东克的死亡时间正好对得上我离开这幢大楼的时间。医学检验不可能精确到几点几分,永远不会这么精确,但时间拿捏得越准越好。"

"这些都只是你的推测,对不对?"劳埃德·刘易斯开了口。他的声音尖细微弱、带着试探的意味,正好搭配他苍白的脸和窄窄的领带。"你只是编出一套理论来解释一些前后不一致的地方,还是你有其他的事实?"

"我有两点相当确定的事实,"我说,"但除了我之外,这些事实对别人没有太大意义。第一点是我去过停尸间,在328B号冰柜里的,"奇怪,我怎么会记得这个号码?"不是在那本来平静无事的一天晃进我书店的那个人;第二点是那个自称是戈登·翁德东克的人现在就在这儿,在这个房间里。"

告诉你,当一个房间里的所有人都同时倒吸一口气的时候,那可真是安静啊。

奥维尔·韦德纳打破了沉默。"你没办法证明。"他说,"我们只能听你讲讲罢了。"

"对,我刚才也是这么说的。我想我早就应该猜到我见的那个人不是戈登·翁德东克。几乎从一开始就有蛛丝马迹可循。让我进入这间公寓的那个人——我不能再称他为翁德东克了,所以我们就叫他凶手吧——他让我进去之前,门只开了一两英寸。在告诉电梯操作员没问题之前,他一直没有把门链解开。他叫出我的名字,无疑是要让电梯操作员能够确认安心,但他弄门锁弄了半天,直到电梯离开这层楼之后才把门打开。"

"是真的。"爱德华多·梅伦德斯说,"翁德东克先生,他总是到走廊上来迎接客人。这一次我没有看见他。那时候我没有多想,但这是真的。"

"我自己也没多想,"我说,"只是觉得奇怪,一个对安全问题这么谨慎的人,连自己邀请、管理员也通报过的客人上楼来的时候门上都还挂着门链,为什么门上只装了一个西格尔牌的锁?后来我也应该更觉得奇怪,因为凶手留下我一个人等电梯,自己冲回公寓去接我没有听到在响的电话。"当然,当时我没有对这个举动提出疑问,是因为我简直求之不得,这样我就可以冲下楼梯而不会被送进电梯里。不过这一点我就没有必要告诉他们了。

"还有一点也是我一直忽略的。"我很快地说下去,"雷,你总是说翁德东克是个大个子,听起来仿佛打碎他的头就像一斧头砍死一只大公牛一样不容易。但那个自称翁德东克的人怎么看也算不上是个大个子。事实上他的个子算小的。这一点应该引起我的注意,但我想那时候我没有留心吧。要记得,我第一次听到翁德东克这个名字是凶手到我店里自我介绍的时候,我当时认定他说的是实话,直到后来才开始质疑这一点。"

理查·雅各布抓抓他留着胡须的下巴。"别卖关子了。"他要求道,"既然我们其中一个人杀了翁德东克,你干吗还不告诉我们是谁呢?"

"因为另外还有一个更有趣的问题要先回答。"

"什么问题?"

"凶手为什么要把《色彩构图》从画框上割下来?"

"啊,那幅画。"莫德塞·丹弗斯说,"我愿意先讨论那幅画,尤其是因为它似乎已经奇迹般地被寻获了。它就那样被安放在墙上,是蒙德里安成熟风格的完美例子。怎么也看不出有个浑蛋曾经把它从撑架上割下来过。"

"是看不出来,对不对?"

"告诉我们。"丹弗斯说,"凶手为什么要割那幅画?"

"这样大家才会知道画被偷了。"

"我不明白。"

从大部分人脸上的表情看来,他们也没明白。"凶手不只是要偷那幅画。"我解释道,"他还要全世界的人都知道那幅画被偷了。如果他只是把画拿走,嗯,谁会知道画不见了?翁德东克是一个人住的。我想他一定留有遗嘱,他的财产会归于某人,但是——"

"他的继承人是一个远亲,住在加拿大亚伯达省的卡尔加利。"奥维尔·韦德纳插话道,"现在我们就要谈到这一部分了。我的公司承办翁德东克的保险,所以我们得赔偿三十五万美元。我想画被偷了我们是得付钱,但在这种情况下我们要问的问题是 Qui bono?我相信你们一定知道这句话是什么意思。"

"库伊·波诺。"卡洛琳说,"那是桑尼娶雪儿①之前的第一任老婆。对不对?"

韦德纳没理她,我想这很能显示出他的个性。"为谁的利益?"他自己把那句拉丁语翻译出来,"换句话说,谁会得到好处?保单的受益人是翁德东克,如果他身亡,赔偿金额就变成了他财产的一部分,而他的财产则归于某个住在加拿大西部的人。"他眯起眼睛,然后视线转向理查·雅各布,"还是说,那个加拿大亲戚也是在座其中一位?"

"他在加拿大,"沃利·亨普希尔说,"因为我刚刚才在一个对他的时区和我们的时区而言都很没礼貌的时间跟他通过电话。他已经授权给我,代替他处理这件事,保护他的利益。"

"原来如此。"韦德纳说。

轮到我了。"那个亲戚一直都待在卡尔加利。"我说,"虽然保费赔偿相当可观,但那幅画被偷并不是为了这个。画被偷和画主人被谋杀,都是出于同一个原因。这两个行动都是为了掩盖一项罪行。"

"什么罪行?"

"嗯,说来话长,"我说,"我想我们应该享受一下,

---

① 桑尼和雪儿是美国二十世纪六十年代中期的音乐家。

喝杯咖啡。有谁要加奶精和糖的？有谁只要奶精？有谁只要糖？其他的人只要黑咖啡，是不是？好。"

我想他们并不真的想喝咖啡，但我需要时间喘口气。当卡洛琳和艾丽森把那难喝的玩意儿端出来给大家之后，我啜了一口，做了个鬼脸，然后继续讲。

"很久很久以前，"我说，"有一个叫作海格·佩德罗辛的人，他家的饭厅里挂了幅画。那幅画后来被称为《色彩构图》，不过佩德罗辛可能只称它是'我朋友彼埃的画'，没有特别的名字。总之，他过世之后，那幅画就不见了。也许是家里的人拿去的。也许是某个仆人偷走的，她可能觉得老佩德罗辛先生愿意把画送给她。"

"也许是海格·佩德罗辛的儿子威廉偷走的。"埃尔斯佩丝·佩德罗辛锐利地瞥了右方一眼，然后锐利地瞥了我一眼。

"也许。"我随和地说，"不管是谁拿的，那幅画最后都到了一个生财有道的人手上。他买下了画，然后再把画送出去。"

卡洛琳说："这样可以生财？"

"这个人有他自己的一套。他会买下一幅某个重要艺术家的画——是真品——接着把画出借给一两个展览，让大家知道这幅画是他的。然后他会找一个有才华、不过可能有些古怪的画家来仿冒那幅画。这人会让别人说服他把画捐赠给博物馆,但事实上真正捐出去的其实是仿冒品;之后,他会把画捐赠给国内另一个地方的另一个博物馆,捐出去的仍然是仿冒品。偶尔他也可能变个花样,挑一个不太可能把画展示出来的收藏家,把画卖给他。十年当中,同样一幅画,他可能捐了五六次,而如果他专挑蒙德里安这种抽象画,要他那位古怪的艺术家每画一幅时稍稍作点变化,那么这种把戏可以永远玩下去。

"而且,开始时越有钱,用这种招数获利就越多。捐一幅价值约为二十五万美元的画,就可以省下十万美元的税。这样重复几次,赚到的钱远比当初买画花的钱还要多,而且原作仍然在你手上。只是有一个问题。"

"什么问题?"艾丽森问。

"会被发现。这个凶手发现丹弗斯先生正在筹办一个彼埃·蒙德里安的回顾展,这件事本身没有什么好紧张的。毕竟,他那些假画以前也通过了这类展览的考验。但是丹弗斯先生似乎很了解,收藏界所持有的蒙德里安比蒙德里安生前画过的多。那句关于伦勃朗的话是怎么说的?他画过两百幅人像,其中三百幅在欧洲,五百幅在美国。"

"蒙德里安没有被仿冒得那么厉害,"丹弗斯先生说,"但过去几年来有一些令人担忧的传言。我决定在举办这次回顾展的同时展开大规模的检验,鉴别每一幅我找得到的蒙德里安的真假。"

"因此你借重刘易斯先生的帮助。"

"是的。"丹弗斯说,刘易斯也点点头。

"凶手知道了这件事,"我说,"因此非常害怕。他知道翁德东克打算把画送去参展,却没办法说服他打消主意。既然他已经把画卖给了翁德东克,当然不能说那幅画是假货,而且翁德东克可能也已经开始怀疑他了。这只是猜想。很清楚的是,翁德东克必须死,那幅画必须消失。他只消把偷画和杀人的事栽赃到我头上,就可以高枕无忧了。罪名是否真的能成立并不重要。如果我因此而坐牢,很好;万一没有,也没关系。警方不会去找有私人动机要杀翁德东克的人。就算警方没办法让罪名成立,也仍然会认为是我干的,然后放弃这件案子。"

"然后我们就会为了一幅假画付三十五万美元给那位在卡尔加利的亲戚。"奥维尔·韦德纳说。

"这对凶手来说没有影响。他的目的在于自保,这本身就可以说是个相当好的 Qui bono 了。"

雷说:"是谁干的?"

"嗯?"

"是谁卖假画给翁德东克,又杀了他?是谁干的?"

"唔,其实只有一个人有可能。"我说着转向那张小沙发,"是你,对不对,巴洛先生?"

\* \* \*

又是一阵的沉默。然后一直都坐得很直的J.麦克伦登·巴洛似乎坐得更直了。

"这当然是胡说八道。"他说。

"不知怎么的,我有种感觉,知道你会否认。"

"全是一派胡言。在今天之前,你我从来没见过面,罗登巴尔先生。我从来没有卖画给戈登·翁德东克。他是我的好朋友,我为他这种悲惨的死法感到很难过,但我从来没有卖过画给他。如果你要说我有,请你拿出证据来。"

"啊。"我说。

"我也从来没去过你店里,从没对你或任何人说我是戈登·翁德东克。我可以理解你弄混了,因为我的确捐了一幅蒙德里安给休利特美术馆。我不打算否认这一点,美术馆展示室里的墙上有块牌子就是这么写的。"

"很不幸,"我咕哝着说,"休利特那幅画似乎不见了。"

"显然是你安排让它不见的,以便准备这场闹剧。我和那件事绝对没有关系,也可以提出证据说明我昨天一整天的行踪。更何况,那幅画不见了对我很不利,因为它绝对是真品。"

我摇摇头。"恐怕不是。"我说。

"等一下。"那位和气生财的银行家巴内特·李维斯的表情仿佛是我拿了一只死老鼠来当抵押品,"我是休利特的馆长,我相当确定我们那幅画是真的。"

我朝着壁炉点点头。"你们的画在那里。"我说,"你有多肯定?"

"那幅不是休利特的蒙德里安。"

"它是。"

"别傻了。我们那幅被某个该死的破坏狂从撑架上割下来了,但这幅画完好无损。它也许是仿冒品,但它从来没挂在我们馆里的墙上过。"

"可是它的确挂过。"我说,"昨天偷你们画的那个人——我想还是不说出他的姓名比较好——绝不是破坏狂。他做梦也不会想要去割你们的画,不管是真画还是假画。他去休利特的时候带着一些破裂的撑架碎片,上面连着一英寸宽的画布,是一幅自己动手做的假蒙德里安的边缘。他把你们这幅画的撑架拆开,拿掉订书针,把画布藏在衣服底下,分解开来的撑架则挂在裤腿里面。然后他留下证据,让你们认定他把画从框上割了下来。"

"那壁炉上方挂的那幅画——"

"就是你们的那幅,李维斯先生。撑架重新组合过,画布也重新钉了上去。刘易斯先生,你要不要检查一下?"

我话还没说完刘易斯就已经走上前去了。他拿出一个放大镜,看了一眼,几乎马上就把头缩了回来。

"哎呀,这幅画是用丙烯酸画的嘛!"他说话的表情好像是在餐盘里发现了老鼠屎,"蒙德里安从来没用过丙烯酸。他用的是油彩。"

"那当然。"李维斯说,"我说过那不是我们的画。"

"李维斯先生吧?请你检查那幅画。"

他走过去看着画。"丙烯酸。"他同意道,"而且不是我们的。我不是跟你说过了吗?现在——"

"把画从墙上拿下来看,李维斯先生。"

他照做了,看到他脸上表情的变化真令人于心不忍,那样子就像他没收的抵押品竟然是一片沼泽地。"我的天哪。"他说。

"正是。"

"我们的撑架。"他说,"木头上面盖了我们的戳印。这幅画就挂在休利特里,每天有数以万计的人看着它,却从来没人注意到这是他妈的丙烯酸仿冒品。"他转过身愤怒地瞪着巴洛。"你这该死的下流胚。"他说,"你这肮脏低级的杀人凶手。你这他妈的骗子。"

"这是诡计。"巴洛抗议道,"这个小偷从假帽子里抓出假兔子来,就让你们这些蠢货惊叹不已。你是怎么了,李维斯?你看不出来你被他唬住了吗?"

"我是被你唬了。"李维斯横眉冷目地说,"你这王八蛋。"

李维斯朝巴洛走了一步,雷·基希曼突然站起来,一只手按住他手臂。"别激动。"他说。

"等事情结束后,"巴洛说,"我要告你,罗登巴尔。我想任何法庭都会称这种行为是诽谤罪。"

"这真是吓人啊,"我说,"对一个目前因两桩谋杀案被通缉的人来说。但是我会记住的。不过巴洛先生,你不会有机会跟我打官司的。你会在监狱里打造车牌。"

"你什么证据都没有。"

"你很容易就可以进入这间公寓。你和你太太住在五楼。进出警备森严的建筑对你来说不成问题。"

"很多人都住在这里。这并不表示我们是凶手。"

"的确,"我表示同意,"但这样要搜你的公寓就容易多了。"我朝雷点点头,他则朝洛克兰警官点点头。然后洛克兰便走过去打开门。两个穿着制服的警官搬着又一幅蒙德里安走了进来,看起来简直跟劳埃德·刘易斯刚刚斥为丙烯酸假货的那幅一模一样。

"真正的原作。"我说,"跟仿冒品放在一起比较,这幅画简直闪耀着光芒,不是吗?你或许把卖给翁德东克的那幅给割了,但这一幅你可照顾得很好,是不是?这幅是真品,是彼埃·蒙德里安送给他朋友海格·佩德罗辛的画。"

"而且我们有搜查证,"雷说,"如果你怀疑的话。你们在哪里找到这个的?"

"衣柜里,"其中一个说,"在五楼你说的那间公寓里。"

劳埃德·刘易斯已经拿着放大镜凑到画布前面了。"唔,这才比较像样。"他说,"这不是丙烯酸,是油彩。

而且看起来的确很像是真品。跟那里的那个东西大不相同。"

"一定是哪里搞错了。"巴洛说,"听我说。一定是哪里搞错了。"

"我们还找到了这个。"警察说,"在药箱里。没有标签,不过我尝了尝,如果这不是水合氯醛的话,那这仿冒品的品质比那幅假画还高。"

"这是不可能的。"巴洛说,"这是不可能的。"我还以为他要开口解释为什么不可能,说他已经把所有剩下来的水合氯醛都冲到马桶里去了,但他及时住了嘴。哎,人总不可能把所有事情都顾及到吧。

"你有权保持沉默。"雷·基希曼告诉他,但我不打算又把那些东西整个抄一遍。宣读嫌犯的权利也许是件好事,也许是件坏事,取决于你是不是警察,但谁总是照抄全文呢?

## 24

J.麦克伦登·巴洛迅速跟太太说了几句话,告诉她该打电话给哪个律师、怎么找他,之后就被两名警官铐上手铐带走了。弗朗西斯·洛克兰留了下来,还有雷·基希曼。

一阵彬彬有礼的沉默,最后终于被卡洛琳·凯瑟打破了。"一定是巴洛杀了特恩奎斯特,"她说,"因为特恩奎斯特就是他用的那个画家,可能会揭发他。对吗?"

我摇摇头。"特恩奎斯特的确是他用的那个画家,而巴洛如果觉得有需要,迟早也会杀了他。但就算他要这么做,也绝不会跑到我的店里来。要记得,我以为巴洛是翁德东克,只要我看到他还活生生地走来走去,整件事就会露馅。我猜谋杀案发生之后巴洛一直没出过公寓。他要先躲起来,直到我进了监狱,看不到他为止。是这样的吗,巴洛太太?"

所有人的视线都转向那个现在独自坐在沙发上的女

人。她侧着头，开口要说些什么，然后只是点点头。

"埃德温·P.特恩奎斯特是个画家，"我说，"也是蒙德里安的狂热崇拜者。他从来不认为自己是个作假的人。天知道巴洛是怎么找上他的。特恩奎斯特会在美术馆和画廊里跟完全不认识的人交谈，也许一开始他们就是这么认识的。无论如何，巴洛用得上特恩奎斯特，于是就找上了他。他让特恩奎斯特仿冒画作，而特恩奎斯特则很满足于看见自己的画挂在受人尊重的博物馆里。他常常到休利特去，李维斯先生。所有的职员都认识他。"

"啊。"李维斯说。

"他只付一毛钱。"

"这也没什么不对。"李维斯说，"我们不在乎你付多少钱，但你多少要付一点。这是我们的政策。"

"还有不准小孩入馆也是。不过现在不谈这个。丹弗斯先生，当巴洛开始因为你即将举办的展览而惊慌的时候，他去找埃德温·特恩奎斯特。我想他是叫他赶快躲起来。他们谈话的内容并不重要。重要的是，特恩奎斯特意识到巴洛从头到尾都不只是在开艺术市场的玩笑，而是靠这个赚进大笔钞票，于是特恩奎斯特这个理想主义者感到非常愤怒。他帮巴洛画假画赚的钱只够糊口，但之前他也安之若素。在他看来，为艺术而艺术是可以的，但如果巴洛在这场游戏里得到好处就不可以了。"

我看着那个留着胡子、一头细长棕发的男人。"这就牵涉到你了,对不对,雅各布先生?"

"我从来没有真正牵涉进去过。"

"你是特恩奎斯特的朋友。"

"嗯,我认识他。"

"你们在切尔西同一幢建筑的同一层楼租房子住。"

"是啊。我认识他,有时候说说话。"

"你和特恩奎斯特是一伙的。你们其中一个人跟踪巴洛到我的店去。之后,在我到这里来给书估价的几小时之前,你单独到我的店里,想卖一本你从公共图书馆里偷出来的书给我。你要我明知那书是偷来的还照买不误,而且你猜我会这么做,因为你以为我会买卖仿冒品或被偷的艺术品。你认为这样可以帮你打开某种渠道,抓住我的什么把柄,但我不肯上钩,结果你就不知道该怎么办了。"

"你把事情说得真邪恶。"雅各布说,"艾迪和我不知道你在这整件事里扮演什么样的角色,所以我想搞清楚。我想要是你买了那本蝴蝶的书,也许会露出点口风什么的。但是你没有。"

"你也没坚持。"

"我想你太诚实了。会拒绝那笔生意的书商是不会收购艺术品赃物的。"

"但星期五早上你显然改变了想法。你和埃德温·特恩奎斯特一起到我店里来。那时候我已经被控谋杀翁德东克、被逮捕、然后交保,于是你想我已经卷进去了。至于特恩奎斯特,他是想让我知道巴洛在做些什么。他可能已经猜到我被陷害了,想帮我洗刷罪名。"

我啜了一口咖啡。"我开门营业,然后到同一条街上没几步路的地方去找朋友。也许你们两个是在我走了之后才到的;也许你们就是我看到躲在某家门口的那两个流浪汉;也许你们故意在对街闲荡,直到看见我离开。不管怎么样,你们自行进入了我的店。我的店门只是拉上而已,对你这种可以从图书馆偷出大本有插图的书的人来说,弹簧锁算不了什么大麻烦。"

"喂,我可不是真的偷书贼。"雅各布抗议道,"那么说只是为了引起你的兴趣。"

我暂时不反驳。"一进了门,你就把锁栓扣上,这样就没有人会走进来打断你了。你带着你的好友特恩奎斯特到店后面去,那里没有人会看见你们,然后你就用冰锥戳进他的胸口,把他留在马桶座上。"

"我干吗要这么做?"

"因为有钱可赚,他却要把事情给搞砸。他用大量的空闲时间画的假画,却打算把它们统统毁掉。你认为那些假画可以卖钱,这么想很可能没错。还有一点,他手上有巴洛的罪证。一旦我被关进牢里,你就可以放心地向巴洛下手,敲诈他一辈子。要是特恩奎斯特把事情说出来,不管是告诉我,还是告诉其他任何人,你的饭票就没了。于是你下定决心要杀他,也知道要是你在我店里动手的话,这项罪名很可能会落在我头上,这样就可以除掉我了。这样你也更容易把巴洛逼得紧紧的。"

"所以我就在你的店里把他杀了?"

"没错。"

"然后我就走了出去?"

"不是马上走出去,因为我回去的时候你还在。我回去的时候门的锁栓是扣上的,但我之前只拉上了弹簧锁,所以如果锁栓是扣上的,就表示你还在店里。我想你一定是躲在书架那里或者后面的房间,然后等我开店之后你就溜了出去。这让我困惑了一阵子,因为我店门打开不久之后就来了一个访客,"我意味深长地瞥了埃尔斯佩丝·佩德罗辛一眼,"我却根本没有注意到她进来。一开始我怀疑躲在后面房间里的是她,是她杀死了特恩奎斯特,但这种推论没有道理。你可能是在她走进来的时候溜出去的,或者是在我跟她讲话的时候。那段交谈相当长,也相当激烈,我相信你一定能在我们两个都没有注意到的情况下溜出去。"

他起身,雷·基希曼也马上站了起来。弗朗西斯·洛克兰本来就站着,现在移到伸手就可以抓住雅各布的地方。

"你的这些话都没有证据。"雅各布说。

"你的房间被搜过了。"雷和颜悦色地告诉他,"你那里公家的书多得可以开市立图书馆的分馆。"

"那又怎样?这只是轻微的盗窃罪。"

"不过这轻微的盗窃罪有差不多八百项。把这些短短的刑期加起来,就能凑出相当长的一段。"

"我有盗窃癖。"雅各布说,"无法自制地想偷图书馆的书。这种行为不会造成什么伤害,而且我最后也会把书还回去。你不能凭这个就说我是杀人凶手。"

"你房里还有一些画。"雷说,"我想是仿冒的,不过不能由我来证明。这位刘易斯先生是专家,我只看得出来那些画没有裱框,你要不要打赌那些画其实是你朋友特恩奎斯特的作品?"

"是他送给我的。那些画是朋友的礼物,如果你说不是,请你拿出证据来。"

"我们派了人在你们那幢楼挨家挨户地问话,你要不要打赌我们会找到一个曾经看见你把画从他房间搬到你房间的人?那应该是在特恩奎斯特死后但尸体还没被发现时的事,我倒想听听你怎么解释这一点。另外,我们在他房间——特恩奎斯特的房间——找到一张纸,上面写着伯尼的姓名和地址,和我们在他尸体上发现的那张一样。你要不要赌那是你的字迹而不是他的字迹?"

"那又证明得了什么?我不过是写了姓名地址交给他罢了。"

"你也打电话来密报过。你说如果我们想知道是谁杀了特恩奎斯特,就该去问伯尼·罗登巴尔。"

"也许有人打过电话给你们,但不是我。"

"要是我告诉你所有打进来的电话都有录音呢？要是我告诉你声纹比对和指纹一样管用呢？"

雅各布不作声了。

"我们还在你房间里找到了另一样东西。"雷说，"给他看，弗朗西斯。"

洛克兰把手伸进口袋拿出了一支冰锥。理查·雅各布瞪着它——屋里所有的人都瞪着它——我还以为他要昏倒了。"是你们栽赃我。"他说。

"要是我告诉你这上面有血迹呢？要是我告诉你那个血迹的血型和特恩奎斯特的血型一样呢？"

"我一定是把它忘在书店里了。"雅各布脱口而出，"可是不可能啊。我明明把它丢到垃圾车里了。除非我搞错了，除非我把它掉在了书店里，但不对，不对，我记得我出去的时候手里还拿着它。"

"以防我找你麻烦的时候你可以用来戳我。"我插话道。

"你完全不知道我在那里，也没有跟踪我。没有人跟踪我。根本没有人知道我离开，我把冰锥藏在外套底下，转过街角顺着百老汇大道走，一看到垃圾车就把它扔进去了，你们不可能是从那里找出来的。"他胜利般地站直了身体。"所以这一定是唬人的。"他告诉雷，"就算那东西上面有血迹，也不会是艾迪的。八成是有人把那支冰锥栽赃到我房间里，可是它根本不是凶器。"

"我想这大概只是另一支恰好出现在你房里的冰锥。"雷说,"不过现在你既然已经告诉我们该到哪里去找另外那支,我想我们应该不难找到它。反正应该比大海捞针要简单。你还有什么要告诉我们的吗?"

"我什么都用不着告诉你们。"雅各布说。

"关于这点,你说得对极了。"雷说,"事实上,你有权保持沉默,但是——"

等等等等。


洛克兰把他带走之后,雷·基希曼说:"现在是最精彩的部分了。"他走进厨房把我那根五英尺高的管子拿来,打开盖子,拉出一张卷起的画布。他把画布展开,哦,那画面看起来真眼熟。

巴内特·李维斯问那是什么。

"一幅画。"雷告诉他,"又一幅莫特里恩,只不过是假的。特恩奎斯特帮巴洛画这幅画,巴洛把它卖给翁德东克,在杀死他之后又把画给偷了回来。这跟我们在卧室衣柜里和翁德东克的尸体一起发现的破裂画框及画布碎片完全吻合。"

"我不敢相信。"巴洛太太说,"你是说我丈夫拿走了这东西,却愚蠢地没有毁掉它?"

"他可能没有机会毁掉它,女士。他要怎么做,丢进焚化炉吗？要是被人发现了呢？他把画放在他认为安全的地方，打算有时间再慢慢毁掉它。但我采取了行动，利用训练有素的警方办案技巧找到了它。"

哦，天哪。

"无论如何，"他继续说着，把画朝奥维尔·韦德纳递过去，"画在这里了。"

韦德纳看起来好像自家的狗刚叼了腐烂臭肉回家的样子。"这是什么？"他说，"你给我干吗？"

"我已经说过这是什么了，"雷说，"我拿给你是为了赏金的事。"

"什么赏金？"

"你们公司为了保过险的那幅画要付的三万五千美元啊。我在人证面前把画交给你，要求赏金。"

"你一定是疯了。"韦德纳一口回绝，"你以为我们会为一幅一文不值的假货付那么多钱？"

"假货是假货，可是绝非一文不值。你可以说声谢谢，把三万五千美元给我，因为如果不这样的话，你们就得付十倍的赔偿金给那个在卡尔加利的亲戚。"

"胡说八道。"韦德纳说，"我们一毛钱也不必付给任何人。那幅画是假货。"

"没有区别。"沃利·亨普希尔一只手按着受伤的膝盖说，"翁德东克付了保险，你们也收了保费。虽然那幅画是假货、保险额度过高，但这并不影响你们所应负的责任。保户投保的时候并无意欺骗——他当然相信这幅画是真的,而且他投保的时候也付了一笔数目相当的钱。你们必须把被保的那幅画还给我在卡尔加利的客户,否则就得赔偿他三十五万美元。"

"关于这一点,我要看看我们法律部门的人怎么说。"

"他们会和我刚才说的一样,"沃利说,"而且我不知道你这么大的火气是为什么。这已经是让你们捡到便宜了。多亏了基希曼警探,否则你们可得付全额的赔偿哪。"

"那基希曼警探岂不就害你的客户损失一大笔钱了吗,律师?"

"我不这么认为,"沃利说,"因为我们需要这幅假画,才有确凿的证据控告巴洛。巴洛有钱,而且其中一部分是来自我客户这位过世的亲戚,我打算提出指控,要回当初他买这幅假蒙德里安的那笔钱。同时基希曼警探也是我的客户,我想你们是赖不了那笔赏金的。"

"我们是正派经营的公司。我不喜欢你用'赖'这个字。"

"哦,行了。"沃利说,"这个字原本就是你们发明的。"

巴内特·李维斯清了清喉咙。"我有个问题。那幅真迹怎么办?"

"嗯?"某个人说。事实上,可能是好几个人一起说。

"那幅真迹。"李维斯边说边指向劳埃德·刘易斯在好几项惊人的揭露之前判定为真迹的那幅画,"如果没有人有异议的话,我想把它带回休利特美术馆去,那里才是它该在的地方。"

"喂,等一等。"韦德纳说,"如果我们公司得付三万五——"

"那是为了那个东西。"李维斯说,"我要我的画。"

"你会拿到你的画的。"我说着指向壁炉上方挂的那幅丙烯酸之作,"那是你们美术馆里展出的画,李维斯先生,也是你将拿回去的画。"

"我们从来就不应该有那幅画的。巴洛先生捐赠了一幅蒙德里安真迹。"

"不对。"我说,"他捐了一幅假画,而且他这么做甚至不算是欺骗你们,因为你们一毛钱也不用付。他欺骗的是国税局,他们大概会跟他讨论讨论这件事,但他除了让你们大出洋相之外,并没有诈骗你们,这又有什么大不了的?昨天下午刚有一群小鬼让你们大出洋相。你们对那幅画并没有所有权。"

"那谁有?"

"我有。"巴洛太太说,"警官是从我家公寓把它拿出来的,但这并不表示我丈夫和我就放弃了对它的权利。"

"你们没有权利。"李维斯说,"你们把权利给美术馆了。"

"并非如此。"沃利说,"我那位卡尔加利的客户应该得到这幅画。当初这画应该交给翁德东克,所以现在应该交给他的继承人。"

"全是胡说八道。"埃尔斯佩丝·佩德罗辛叫道,"那个叫巴洛的小偷从来就没有权利。这幅画属于我。我爷爷海格·佩德罗辛答应要给我的,可是他的遗愿还来不及实现就有人把它偷走了。我才不在乎巴洛买这幅画花了多少钱,或者他把画卖给谁、又没卖给谁。他根本不是跟正当的原主买的。这幅画是我的。"

"我真想把它加进回顾展里,"莫德塞·丹弗斯说,"等这一切搞清楚之后。不过我猜这是不可能的。"

雷·基希曼走过去,一手按在画上。"目前这幅画是证据,"他说,"我要将它扣押。你们都有你们的所有权和想法,不过在你们上法庭打成一团的时候,这幅画得待在局里,而且一旦律师们开始动手之后,事情可能会拖个没完。"他对李维斯说:"如果我是你的话,我会把另外那幅带回去挂在原处。等到报纸大肆渲染这件事之后,会有的是人想看它,不管它是真迹还是假货。你们可以浪费时间担心自己出洋相,但这样只会让你们洋相出得更大而已,因为不管你们是什么形象,那些人还是会排着长龙等着看这幅画,这样又有什么不好呢?"

# 25

"这地方真不错，"卡洛琳说，"酒也调得棒极了，尽管他们的价钱比合理的数目贵了一倍。大查理，嗯？我喜欢。"

"我就想你会喜欢的。"

"我也喜欢那个弹钢琴的女孩。不知道她是不是同性恋。"

"哦，天哪。"

"想一想有什么不行？"她啜了一口，放下酒杯。"你漏掉了一些事情没说。"她说，"你把所有的线索都东一点西一点串起来解释了，但是漏掉了一些事情没讲。"

"唔，当时那样已经够混乱了。我不想搞得让大家都完全摸不着头脑。"

"嗯哼。你是个体贴的人。你漏掉了关于猫的事。"

"哦，好了。"我说，"有两个人被杀，两幅画被偷了。我不可能浪费大家的时间谈一只被绑架的猫。无论如何，它已经回来了,所以讲这个又有什么意思呢?"

"嗯哼。艾丽森是海格·佩德罗辛的另一个孙女,对吧?她是当时坐在餐桌旁的另一个小孩,是埃尔斯佩丝的堂妹,她爸爸就是埃尔斯佩丝的比利叔叔。"

"唔,她们两个是长得很像啊。记不记得你在我店里还盯着埃尔斯佩丝看?好笑的是我一开始还以为安德丽亚是那个失踪的堂妹,因为她和埃尔斯佩丝都有把头侧到一边的习惯,但那只是巧合而已。我一看到艾丽森就知道她是那个堂妹,安德丽亚不是。"

"安德丽亚·巴洛。"

"对。"

"你也把她漏掉了,不是吗?你没有提到在翁德东克的公寓里撞见她,更别说和她一起在地毯上滚来滚去了。"

"唔,有些事情是应该保持私密的。"我说,"她说的事情有一件是真的。她的确和翁德东克有过婚外情,她丈夫也知道这件事,这可能也增加了他杀人的动机。然后他对翁德东克的死一定感到幸灾乐祸,安德丽亚则怕警察搜查的时候会找到翁德东克用拍立得照的一些他们两人的照片。她回去找照片,谁知道她有没有找到,然后我就撞见她了。她一定已经在衣柜里看到了翁德东克的尸体,所以她知道来的人不可能是他,但会是谁呢?如果是警察,她可就得舌灿莲花地好好解释一番,要不就是她那个凶手丈夫,要回来杀她,把她和情夫一起送上天堂。不管是这两者其中的哪一个,结果都会很糟糕。"

"然后她如释重负,以至于被热情冲昏了头。"

"要么是这样,要么就是她觉得跟人做一场是换取安全的合理方法,"我说,"但我倾向于在未证实前先假定她无罪。但何必对警方讲这些呢?"

"尤其因为你还希望再动词她一次。"

"呃——"

"有何不可呢?她那对名词长得可真俏。我想我需要再来一杯,你不觉得这些女招待穿的小制服很可爱吗?我们再各点一杯酒,然后你告诉我那些画究竟真正发生了什么事。"

"哦,那些画。"

"是啊,那些画。这幅是从这儿来的、那幅是从那儿来的、这幅是从画框上割下来的、那幅又不是,谁搞得清楚啊?我知道你说的有些是实话,有些不是实话,我要你原原本本地讲给我听。但我要先再来一杯。"


谁能拒绝她的要求?她得到了她想要的,先是那杯酒,然后是我的解释。

"雷还给保险公司那个奥维尔·韦德纳的画,是丹妮丝和我画的那幅。"我说,"巴洛当然毁了他从翁德东克公寓里拿的那幅画。他只要把画布割成一条一条的丢进焚化炉就可以了，我相信他一定就是这么做的。我拿给雷、雷再拿给韦德纳的那幅画是我在休利特割下来的，框则扔在美术馆里。那些和翁德东克的尸体一起在衣柜里被发现的画框碎片跟那幅画不吻合也没关系，因为显然那个画框会不见。雷会负责让它不见的。"

"那李维斯带回去的那幅画呢？是你从休利特拿出来的那幅吗？他们展出的一直是一幅丙烯酸的画吗？"

"当然不是。特恩奎斯特是个艺术家，也不赶时间。他没有用丙烯酸。他和蒙德里安一样用的是油彩，休利特的那幅就是他的作品之一。"

"可是李维斯拿回去的——"

"是丹妮丝和我弄出的第二幅假画，装在休利特的撑架上。要记住，是撑架上的戳印让他相信的。我在把画带出美术馆之前，已经把画布上的订书针卸掉、把撑架拆开了。把撑架重新组合起来的时候，我只需要把那幅丙烯酸的假货钉上去就行了。"

"李维斯还以为那就是他们原来有的那幅画。"

"看起来是这样，又有什么差别呢？反正假货就是假货，无论如何也真不了。"

"我不知道丹妮丝画的假货不止一幅。"

"事实上她画了三幅。其中一幅被割开了，画框连着一些碎片丢在休利特，其他的部分则交还给奥维尔·韦德纳。第二幅跟着李维斯回到休利特去。"

"那第三幅呢?"

"挂在窄廊画室里,和其他那几幅有一点小小的不同,就是画家的落款不是"彼·蒙"而是"丹·拉"。她对那幅画相当自豪,不过我和杰瑞德也帮了点忙。"

"她画了三幅假画,特恩奎斯特画了两幅。你说巴洛毁掉了特恩奎斯特的其中一幅。那另外那幅呢?你从休利特偷出来的那幅。"

"啊。"我说,"那幅被扣押了。"

"天哪。伯尼,被扣押的是那幅真迹,那幅蒙德里安自己画的,记得吗?每个人都说那幅画是他的,他们的官司会打上好几年,而且——哦。"

我想我一定是笑了。

"伯尼,不会吧。"

"嗯,为什么不呢?你也听到劳埃德·刘易斯的话了,他看了由两个警察搬进来的画,是用油彩画的,看起来很对劲。它当然对劲啦,毕竟它在休利特待了那么多年也从来没有人怀疑过。现在它可以在警察局某个上锁的柜子里再待上几年,那里也不会有人有半点怀疑的。昨天晚上我带着它潜进巴洛夫妇的公寓,把它钉在撑架上,放在警察找得到的地方。"

"那幅真的蒙德里安呢?"

"我到巴洛家的时候它当然在那里。我把它从撑架上拆下来,把特恩奎斯特的仿冒品钉上去。要记得,我需要撑架来钉特恩奎斯特那幅画。"

"因为你把它原来挂在休利特里用的那个撑架拿来钉丹妮丝的假画了。"

"对。"

"你知道问题出在哪里吗,伯尼?有太多幅蒙德里安了。听起来像是尼禄·沃尔夫的书名,对不对?《太多厨师》《太多客户》《太多侦探》《太多女人》,还有《太多蒙德里安》。"

"对。"

"丹妮丝用丙烯酸画了三幅,特恩奎斯特用油彩画了两幅,蒙德里安画了一幅。不过他那幅是真迹,你是不是要永远吊我胃口啊,伯尼?那幅真的怎么办?"

"会交到名正言顺的物主手上。"

"埃尔斯佩丝·佩德罗辛?还是艾丽森?她和她堂姐都一样有权利争取。"

"说到艾丽森——"

"是啊。"她深深叹了口气,"说到艾丽森。你想到她们是堂姐妹,所以就知道埃尔斯佩丝·彼得斯是亚美尼亚人。然后你翻了翻电话簿,就——"

"不完全是这样。我翻了翻艾丽森办公室里的文件,找到了她娘家的姓。这比翻电话簿要简单一点。"

"你就是在那里找到猫的吗?"她伸出一只手盖在我手上,"没办法,我想出来了,伯尼。猫是她带走的,是不是?所以她跟我通电话的时候才用那种纳粹的腔调,因为我听得出她原来的声音。她跟你通话的时候用正常的声音,因为你们从来没见过面。那天我们回我家去的时候你在那里,她很紧张,因为她怕你会认出她的声音。你认出来了吗?"

"其实没有。我忙着辨认她和她堂姐埃尔斯佩丝之间的相似之处了。"

"她不是真的那么坏。"卡洛琳若有所思地说,"她没有伤害阿齐,除了剪掉它的胡须之外,但这和断手断脚比要好多了。而且我和她越亲密,那个纳粹在电话上就越让我放心,到后来我简直不再担心我的猫了。你知道吗?我们回到我公寓看见猫在那里的时候,我想她跟我一样都如释重负。"

"我不惊讶。"

她啜着杯里的酒。"伯尼,她是怎么弄开我的门锁的?"

"她没有弄开你的门锁。"

"啊?"

"你的猫喜欢她,记得吗?尤其是阿齐。她穿过另一幢楼到院子里,然后哄它钻出铁窗。那铁窗人进不去,但猫出得来。所以公寓里才没有她来过的痕迹。她除了跟你一起回家的时候之外,从来没有进去过。她不需要进去。猫就这么跑到她怀里去了。"

"你是什么时候想到这一点的?"

"当我看到尤比用胡须测量铁窗栏杆的时候。它左右两边的胡须刚好碰到栏杆,这表示它的头过得去,也就表示它整个身体过得去,于是我就知道了。这也表示做这件事的一定是猫喜欢的人,你之前又告诉过我阿齐有多喜欢艾丽森。"

"是啊,动物最会判断人性了。伯尼,你本来打算把这些都告诉我吗?"

"呃——"

"要么会,要么不会。"

"呃,当时我不确定。你和艾丽森在一起看起来很开心,我想我就等事情结束了再开口吧。"

"我想已经结束了。"她干掉杯中的酒,很哲学地叹了口气。"哎,我的猫回来了,"她说,"也经历了一点小小的刺激,而且艾丽森在休利特帮了我很大的忙。要是没有她,我不知道我能不能搞定爆竹、火之类的东西。何况我也和她睡了,所以有什么好怨恨的呢?"

"我对安德丽亚的感觉也差不多是这样。"

"而且我或许会想再见到她。"

"我对安德丽亚的感觉也是这样。"

"对。所以事情结束后我没什么损失。"

"别忘了赏金。"

"嗯?"

"保险公司的赏金啊。那三万五千美元。扣掉沃利的律师费,雷拿一半,另一半你和丹妮丝平分。"

"为什么?"

"因为你们两个都出了力。丹妮丝像米开朗琪罗画西斯廷教堂一样拼命,你在休利特冒着被逮捕的危险,所以你们该拿到赏金。"

"那你呢,伯尼?"

"我有阿普林的邮票啊,记得吗?还有他老婆的红宝石耳环,不过我想那不是红宝石,是尖晶石。真的很奇怪,我拿这副耳环几乎觉得良心不安,但有什么办法放回去呢?我最确定的一件事,就是我再也不要闯进查理曼大帝了。"

"我都忘了那些邮票了。"

"唔,我会把那些邮票卖掉,"我说,"然后我们就可以把它们忘个一干二净了。"

"好主意。"她的手指在桌面上敲打。"你偷邮票是在这一切发生之前。"她说,"嗯,几乎是。当你进阿普林的公寓时,巴洛正在杀翁德东克。想起来真令我毛骨悚然。"

"你这么一说,我也有这种感觉。"

"但这整件事情大部分的情节都发生在你拿了那些邮票之后,而这部分你却什么都没得到。你只是花了一大堆钱,还得交保。"

"保释金我会拿回来的。我得付担保人一点钱,但那没有多少。沃利不肯收我的钱，因为我替他介绍了一大堆生意。我还花了一些零碎的费用，比如出租车费，还有我栽赃在雅各布房间里的那支冰锥。"

"还有你栽赃在巴洛公寓里的水合氯醛。"

"那不是水合氯醛，是爽身粉。"

"那个警察说尝起来像水合氯醛啊。"

"雷还说雅各布打去密报的那通电话有声纹记录，还说冰锥上有血迹。这可能很令你震惊，卡洛琳，但警察也是会说谎的。"

"我可真是震惊啊。无论如何，你花了钱，却只得到了自由。"

"所以呢？"

"你不想分一点赏金吗？三万五减掉沃利的律师费剩下多少？三万？"

"就算三万吧。我不知道他是不是真敢要那么多，但律师是很难捉摸的。"

"三万减掉雷的一半剩下一万五，如果除以三的话我们一人可以分到五千，这也不少啊。你为什么不拿三分之一呢，伯尼？"

我摇摇头。"我有那些邮票，"我说，"那就已经不少了。另外也还有别的。"

"什么别的？跟安德丽亚和夏娃·狄格拉斯各来了一场？那有什么大不了的。"

"是别的东西。"

"是什么呀?"

"我给你个提示。"我说,"那东西全都是直角和原色,我要把它挂在我的沙发上方。我想那是最合适的地方了。"

"伯尼!"

"我告诉过你啊。"我说,"那幅蒙德里安在最名正言顺的主人手上。你还知道有谁更有权利拥有它吗?"


而且,我跟你说,它挂在那里真是美极了。

The Burglar Who Painted Like Mondrian
Copyright © 1983 Lawrence Block
First Published in the United States by Morrow/Avon, New York, New York. This edition is published in agreement with the author, c/o BAROR INTERNATIONAL, INC., Armonk, New York, U.S.A. through Chinese Connection Agency, a Division of the Yao Enterprises, LLC.
Simplified Chinese edition copyright © 2018 New Star Press
All rights reserved.

**图书在版编目（CIP）数据**

雅贼全集：精装典藏版：全11册／（美）劳伦斯·布洛克著；王凌霄等译． ── 北京：新星出版社，2018.10
ISBN 978-7-5133-3168-5

Ⅰ．①雅⋯ Ⅱ．①劳⋯ ②王⋯ Ⅲ．①推理小说－小说集－美国－现代
Ⅳ．① I712.45

中国版本图书馆 CIP 数据核字（2018）第 155987 号

雅贼全集精装典藏版⑤

## 像蒙德里安一样作画的贼

（美）劳伦斯·布洛克 著；严韵 译

**责任编辑：** 王　欢
**特约编辑：** 郑　雁
**责任校对：** 刘　义
**责任印制：** 李珊珊
**装帧设计：** 周伟伟

**出版发行：** 新星出版社
**出 版 人：** 马汝军
**社　　址：** 北京市西城区车公庄大街丙3号楼　　100044
**网　　址：** www.newstarpress.com
**电　　话：** 010-88310888
**传　　真：** 010-65270449
**法律顾问：** 北京市岳成律师事务所

**读者服务：** 010-88310300　　service@newstarpress.com
**邮购地址：** 北京市西城区车公庄大街丙3号楼　　100044

**印　　刷：** 北京盛通印刷股份有限公司
**开　　本：** 889mm×1092mm　　1/32
**印　　张：** 9.875
**字　　数：** 124千字
**版　　次：** 2018年10月第一版　　2018年10月第一次印刷
**书　　号：** ISBN 978-7-5133-3168-5
**定　　价：** 638.00元（全十一册）

版权专有，侵权必究；如有质量问题，请与印刷厂联系调换。